: *não há nada*

Rodrigo Batista

NÃO HÁ NADA

janela + mapa.lab

Texto revisado segundo o novo
Acordo Ortográfico da Língua Portuguesa.

Produção editorial: mapa lab
Preparação: Stella Carneiro
Revisão: Marcella Sarubi
Capa, projeto gráfico e diagramação: Angelo Bottino
Ilustração de capa: *Cavalo*, 2021, de Pedro Gondim
Impressão e acabamento: Grafitto Gráfica

Dados internacionais de catalogação na publicação (CIP)

B333n Batista, Rodrigo
Não há nada / Rodrigo Batista. – Rio de Janeiro : Mapa Lab, 2022.
160 p. ; 21 cm.

Edição realizada pela Mapa Lab em colaboração com a Janela Livraria.
ISBN 978-65-86367-34-8

1. Ficção brasileira I. Título.

CDD B869.3
CDU 821.134.3(81)-3

Bibliotecária: Ana Paula Oliveira Jacques / CRB-7 6963

mapa lab
contato@mapalab.com.br | www.mapalab.com.br
/amapalab @amapalab

janela LIVRARIA
contato@janelalivraria.com.br | www.janelalivraria.com.br
/janelalivraria @janela_livraria

para Thiago Rezende, Dulce,
Branquinho, Gordinho e Bobitcha
que me fizeram amar o Rio
e para Selma Batista
que nunca me deixa esquecer de Fortaleza.

SUMÁRIO

Tão pouco a dizer
Tão urgente
Dizê-lo.

LEONARD COHEN

A CHEGADA DO INFERNO OU OS EFEITOS COLATERAIS

Eu tenho medo. Medo de muitas coisas, talvez de tudo. Como é viver sem? Não sei dizer.

As coisas são difíceis. Ou não? Tudo passa. Ou? Por que a cabeça é assim? Talvez, como diz a música, o coração guarde infinitos inimagináveis.

Tenho medo do presente e do futuro. De mim até, talvez. Não sei lidar com o medo. O que pode acontecer, não sei. O desconhecido me causa arrepios. Me pergunto do quê. Há respostas? Acho que não. Ou há? Sempre tem possibilidades, o que me deixa com mais medo ainda.

Puta merda. Quem eu sou?

O que eu quero?

Por que vivo?

Excruciante.

Quero ir para o Rio? Quero ficar em Fortaleza?

Nada me garante futuro.

Amo alguém lá, mas amo o conforto daqui. Ou será que amo o comodismo de Fortaleza? Cabeça maldita. Quero respostas! Um dia terei?

Não.

Sim.

Sentimento que atravessa e dilacera.

Sol e chuva.

Fogo e paixão.

Escolhas e solidão.

Abro a porta.
Não há ninguém aí?
Há sim, não vê?
Onde?
Quem é você?
Eu sou você.
Mas quem eu sou?
Olhe mais um pouco. Olhe de perto.
Está escuro, não consigo ver.
Seus olhos estão fechados. Abra.
Estão abertos, não vejo nada.
Se esforce.
É difícil.
Você não está vendo porque não quer.
Me ajude.
Só você pode se ajudar.
Eu?
Você.
Quem está aí?
Você.
Como eu?
Toque, veja, acorde.
Já fiz tudo isso. Não sei onde estou.
Sabe sim.
Sei?
Melhor do que ninguém.
Eu...

Você não enxerga porque não quer. Tudo está aqui. Dentro de você. Só em você. Lide.

Não, não quero. Me leve daqui.

Sombras são normais, meu caro. Mas se você quiser enxergar, vai ver.

Não, não, não. As coisas não são assim.

Você precisar lidar. Acorde. Veja. Sinta. Veja e veja e veja e veja e veja e

grite.

....

Acordo suado. O que aconteceu? Respiro fundo, ou finjo. São duas da manhã. O que aconteceu? As paredes poderiam me dizer, elas são testemunhas. Não, eu sou a testemunha. Ou o culpado. Necessito de água. Não tenho forças para levantar. Como é se sentir bem com vinte e um anos? Me sentirei confortável algum dia? Coração palpita. Preciso levantar, mas a cama é o único lugar onde quero estar. Malditos sejam os pensamentos e os sonhos ou maldito seja eu. Foda-se. Não estou escrevendo um livro. Estou desabafando para um caderno à uma e trinta e sete da madrugada. Isso poderia ter acontecido comigo, mas o fato é que não aconteceu. A vida real é mais chata do que nos livros. Escrever é um ato de libertação ou de aprisionamento dos demônios. Eles ficam presos no papel e nem sempre saem de dentro de quem está escrevendo. A verdade é que estou em surto e ouvindo "Domino Dancing" numa madrugada quente de Fortaleza, tendo que lidar com coisas que não deveria sequer precisar pensar. Tenho outra vida no Rio. Trabalho, namorado e faculdade. Amo apenas o meu companheiro, ele que me faz ficar no

Rio, mas amo o conforto e o fato de que em Fortaleza posso ser adolescente. Será possível viver duas vidas reais e outras milhares imagináveis? Isso de pensar demais é uma merda. Sempre tem alguma coisa. Podemos tudo e, ao mesmo tempo, nada. A música agora diz que viver é um frenesi. Concordo. Um autor diz que viver é perigoso, mas vai além disso. Viver é morrer diversas vezes e voltar e viver novamente mil vezes. Duas mil vezes se você tiver condições.

A voz pulsa, como uma porra escorrendo pelo cu, pela boca. Gozar é viver também. Não tenho gozado bem, os remédios que me ajudam a me sentir menos bosta fazem isso. Quero que esse relato seja escancarado. Gosto das vísceras, da porra, da dor, do amor. Quero uma rola enorme no meu cu.

Tomo um alprazolam e quero gozar e quero foder e quero morrer com uma rola enorme no meu cu. Gozando, estourando, enforcando.

Uma coisa leva à outra, acho. Nunca dei o cu de verdade, mas isso não importa. Quero ser humilhado, cuspido, fodido. Me rasgue antes que eu o faça. Coisas a mil e nem da cama levantei. Se me levantar, vou pra janela e me jogar. Que prazer seria a dor final vir do voo. Flutuando como numa boa foda. Preciso de psicanálise, ou não. É uma obsessão repentina do medo de mim mesmo.

Sou ativo no sexo, mas quero ser estilhaçado uma última vez. Meu cu sangrando, jorrando sangue e porra. Dilacerado pela dor e pelo gozo. As coisas fluem.

Apago.

....

espirais
e
vermelho
e
couro
e
sonhos
e
desejos
e
rolas
e
cus
e
merda
e
porra
e
sangue

....

morte
e
prazer
e
nirvana
e
pesadelos
e
perda

14, 15

e

vida

....

Me come, seu safado.

Desgraçado.

Me corta, rasga meu cu com teu braço. Com teu corpo. Me faz gozar, maldito. Eu quero mais dor. Cospe em mim. Me destrói. Não me deixa vivo. Eu quero e quero e quero. Queima o meu cu, taca ácido. Me enforca. Quero que você me mate. Me esfola. Rompe o freio da minha rola até jorrar sangue para todos os lados. Eu mereço, quero isso mais do que tudo. Abre o meu corpo e entra nele, mora nele. Tira os sentimentos.

Você vai morrer.

É o que eu quero. Me fode até eu morrer, caralho. Enfia uma arma na minha boca e explode meus miolos. Me torna alguém inexistente. Soca e soca e soca, me fode por inteiro.

ME DILACERA.

....

Obsessão. Compulsão.

Pesadelo. Delírio.

Agora preciso acordar e viver. Não tenho forças. Morri e vou ter que dormir de novo. Foda-se tudo. Quero o conforto. Eu não ligo.

Na verdade, ligo pra caralho.

E ele vem, mas durmo mais uma vez.

....

Acordei novamente. Dois dias depois de tudo. Mas o que é tudo? Não sei te dizer, oh. Ontem, durante o sono, falei coisas que não devia para o Thiago, mas, pasmem, não foi sonho. Foi real. Sou um idiota.

Na verdade, não idiota, porém penso demais na minha vida. Nos meus breakdowns. O que eu quero? É pedir demais construir uma vida juntos? Ele diz: você sabia onde estava amarrando o seu burro.

Esse burro estará sempre no mesmo lugar?

Veremos.

....

Delírio, paixão, tesão.

Tensão.

Entro num quarto escuro com cortinas vermelhas. Deitado numa cama, fumando um beck, o Desconhecido me espera. Na penumbra, só consigo ver sua rola reta levantada. Quero ser fodido. Os meus mamilos estão eriçados.

Fumaça, suor, sangue.

Você estava tão apertadinho que sangrou que nem uma virgem.

Meu cu estava escorrendo porra.

Dormi.

....

Acordo de pau duro. Mijo. Vou à praia.

....

Nada melhor do que o mar. As ondas representando os destinos e as fúrias. Costumo pensar que um bom banho de mar expurga tudo, mas não é qualquer mar. O mar de Fortaleza sim, o do Rio não.

Quando olho essa imensidão, penso na vida. O quanto andei? O quanto me estagnei? Perguntas difíceis.

Vou entrando, sendo tragado pela água quentinha. Olho para o céu e fabulo. No que penso? Nem mesmo sei. Penso no passado, no futuro e, às vezes, no presente. Ondas vêm e vão. Coisas vêm e, muitas vezes, ficam. Pessoas vêm e, nem sempre, ficam. Quero ser eterno... Não, me expressei mal. Quero sentir apenas o gosto da infinitude da tua companhia. Será possível? Me diz, eu grito, será possível? Toca no rosto, me promete. Me batiza nesse mar. Estou chegando do inferno vindo pelo mar. Me acode, por favor, me acode. Socorro. AAAAAA, suspiro.

Levanto a cabeça para a superfície. A onda passou.

SONHOS DE NAFTALINA

Meu pai chega todos os dias às sete da noite. É a hora do jornal que antecede a novela que gosto. Nesse horário, a minha rua tem bastante movimento de carros e ônibus, o que muitas vezes me tira a concentração. Para esse problema, um amigo da escola me recomendou fechar os olhos, porque, de olhos fechados, o som dos automóveis na pista lembra o de ondas do mar. Faço isso com frequência.

Assim que termina o jornal, meu pai entra no banheiro e sempre passa os dois primeiros blocos da novela tomando banho. Ele janta logo após o último comercial, assiste ao *Jornal Nacional* inteiro e, quando começa a novela das nove, sente uma dor de cabeça que o faz ir para o quarto descansar. Fico na sala com a minha mãe até o fim das cenas eletrizantes, sempre com ansiedade para descobrir o que vai acontecer.

Costumo dormir depois das onze, mas tenho ido dormir cada vez mais tarde. Escuto barulho de choro ou de briga vindo do quarto dos meus pais. Não sei qual o motivo, mas as palavras que consigo escutar sempre são: morte, divórcio, suicídio. Sei que morte é uma coisa séria e divórcio também, mas não sei o que significa suicídio.

Quando o barulho chega no meu quarto, sempre entro no meu guarda-roupa, que tem um cheiro estranho, me sento lá dentro e espero meus pais se calarem para que eu possa dormir. Enquanto estou naquela escuridão, fico mexendo numa caixa de bolinhas que tem "naftalina" escrita bem grande na embalagem. Tem dias que os dois brigam e choram ao mesmo tempo tão alto que fecho os olhos e tento imaginar o som de mar que vem da rua, mas nunca escuto as ondas porque já é tarde demais para ter movimento.

CAMPO DO AMÉRICA

para minha família,
que amo e odeio ao mesmo tempo

O campo de terra batida envolto por casas sem reboco é um estorvo para muitos moradores do Meireles, bairro nobre de Fortaleza. Nesse lugar, conhecido como Campo do América, moram famílias de trabalhadores que estavam lá antes mesmo que os enormes prédios da classe média fortalezense tomassem conta. Meu avô Custódio, por exemplo, tinha saído do Serviluz e ido para o Meireles no início da década de 60 porque a terra lá era bem mais barata. Naquela época, a elite queria morar mais pras bandas depois do centro. A partir dos anos 90, o mercado imobiliário se voltou para aquela área, tentando a todo custo tirar dali aquelas pessoas para construir condomínios de luxo, realocando-as o mais longe possível. Quando eu era criança, um de meus maiores medos era que meu avô e minha avó morressem e os filhos mais distantes quisessem vender a casa para uma construtora, fazendo com que eu fosse morar em algum lugar lá na baixa da égua. Aquele terreno valia ouro, segundo a minha mãe. Ela sempre me alertou de que poderíamos ter de deixar o Campo algum dia e que isso dependia de os pais dela, meus avôs, continuarem vivos.

Cresci com medo e, ao mesmo tempo, com uma vontade secreta de sair do Campo. Tinha me acostumado com o privilégio de morar perto de tudo. Praia, shopping, escola. Não queria ser aquela pessoa que precisava levar uma hora e meia para ir à Cultura da Dom Luís, por exemplo. Contudo, outras coisas me davam vontade de me distanciar o máximo possível daquele lugar. Começando pela minha família. Morar naquela casa de três andares com quase todos os meus parentes era estressante. Todos se metiam na vida uns dos outros, além de não terem o mínimo de noção de onde privacidade começava ou terminava. Era um emaranhado de sentimentos conflitantes, amor, ódio, rancor, desprezo. O mais incrível é que, em qualquer conflito externo à nossa casa, a minha família se unia.

Crescer nesse ambiente no qual eu tinha pouquíssima privacidade me tornou uma pessoa que gostava de estar na rua. Quando eu era pequeno e não tinha capacidade para compreender que minha prima Márcia brigava com o meu primo Marcos por causa do vício dele em crack e de que Débora, uma outra prima, roubava a tia Sônia, eu conseguia ficar mais tempo em casa. Passava a tarde inteira vendo as novelas mexicanas do SBT e de noite assistia à das nove com minha mãe.

Na medida em que passei a ter consciência das coisas, preferia ficar na rua brincando com os vizinhos. Ia para a casa do Leandro com as minhas primas. Lá ficávamos brincando e inventando todo tipo de coisa com ele e as irmãs. Quando os pais dele chegavam, saíamos e íamos brincar de garrafão no meio do Campo. O esconderijo favorito de todos era no Beco do Chafariz. Para se esconder lá era preciso ficar em silêncio, pois a qualquer barulhinho o povo das casas já ameaçava jogar um balde de mijo.

O mês de junho era todo sempre uma festa. Não sei como, mas o povo conseguia armar uma fogueira enorme e ainda fincar um pé de sebo na terra batida. O Campo se enchia de barraquinhas que ofereciam caipirinhas, pratinhos, todo tipo possível de doce e, algumas vezes, havia um palco para show de talentos. O concurso de quadrilhas começava no início do mês e só terminava no dia 30, com o anúncio da campeã e uma explosão de fogos coloridos. Lembro bem das músicas que tocavam. No início, tocava o CD inteiro de São João do Mastruz com Leite. Eu amava a primeira música. Aprendi a dançar forró com ela. Esse disco também foi a trilha sonora da vez em que perdi o BV com a Patrícia e para a primeira punheta que bati para outra pessoa. Como em todo bom fim de festa que se preze em Fortaleza, colocavam o CD do Desejo de Menina ao vivo em Petrolina e todo mundo ia chorar ou se roçar agarradinho. Naquela época meu pau subia com diversas amigas enquanto dançávamos "Diga sim pra mim". Não existe dança mais sensual que o forró.

Comecei a me distanciar do Campo quando fiz quinze anos. Na época, lia muitas sagas literárias juvenis e fui fazendo amigos de outros lugares de Fortaleza. Nos encontrávamos na livraria Cultura e passávamos todos os fins de semana nos reunindo para falar sobre livros. Enquanto isso, no Campo, meus colegas de infância pareciam envelhecer dez anos a cada mês. A maioria dos meus amigos abandonou o ensino médio e entrou para o tráfico, já minhas amigas começaram a trabalhar e foram largando a escola aos poucos ou começaram a namorar caras mais velhos. Não demorou muito para uma atrás da outra aparecer grávida.

Quando eu estava no segundo ano, me sentia num estado de deslocamento bizarro com relação ao lugar onde morava. Evitava ao máximo ficar em casa, preferia ficar rodando Fortaleza de ônibus, conhecendo cada terminal e cada linha. Não conseguia mais me conectar com os antigos amigos do Campo. Parecia que quando o Campo virou Areninha, as pessoas mais próximas de mim mudaram junto com o espaço.

Meu último ano lá foi um apagão. Não lembro de quase nada. Estava vivendo uma vida que parecia não ter ligação com a minha casa. Meus parentes não compreenderiam um terço da minha visão de mundo e eu ficava cada vez mais distante do Campo e do que ele representara na minha formação como pessoa.

Fui para o Rio com o intuito de me distanciar daquela cama de gato que era a casa onde morava. Aprendi rapidamente que na vida você abre mão de uma coisa para perder outra. Quando comecei a viver o que era a cidade do Rio de Janeiro, meu coração começou a se apertar de saudades até das pirangagens de Fortaleza. No Rio, a maioria das pessoas é fria e marrenta, incapaz de manter uma conversa sem ser escrota com você. Eu tinha abdicado de que se metessem na minha vida na casa da minha família, mas na cidade "maravilhosa" precisava me esforçar para construir vínculos com qualquer pessoa. Quando passo por algum perrengue no Rio, meu coração se aperta. Sinto vontade de correr para o quarto da minha avó e ficar assistindo *Malhação* com ela ou de ouvir a banda Magníficos enquanto como biscoito Amori de chocolate molhado no Mais Sabor de laranja geladinho.

Pensando bem, o Campo daria uma boa série de comédia. Parece algo parado no tempo. Lá todas as pessoas se conhecem e sabem dos menores detalhes da vida de cada um. Os moradores que estão lá desde o início formam quase que uma mesma família, um emaranhado de casamentos, filhos e netos. Tem de tudo um pouco, os católicos que rezam suas novenas na casa do seu Juraci, os evangélicos que fazem culto no meio do Campo aos berros e cantam desafinados "foi na cruz, foi na cruz, que um dia eu vi...", os papudim que ficam sentados na baladeira bebendo Ypióca Prata, ouvindo Reginaldo Rossi ou Amado Batista, tem as pirangueiras que ficam dançando funk em frente ao paredão de um prédio e como esquecer das donas de casa fazendo faxina ouvindo as melhores da Banda Líbanos e Magníficos. A cereja do bolo são as fofoqueiras que passam o dia na calçada e não deixam escapar nada, sabem até o que a pessoa comeu no dia. Essas conseguem ser melhor do que qualquer câmera de segurança.

A maior saudade que sinto do Campo é do fluxo de domingo, de ouvir alguém colocando no som do carro um forrozão Tropicália às nove da manhã. Ver o povo animado com uma partida de futebol na qual o time do Campo estivesse jogando. Comer as batatinhas da dona Lêda e depois tomar um dindin da dona Nissim. Esperar o Campo esvaziar um pouco para jogar carimba e ver uma avó correr atrás de um neto com um cipó na mão. Terminar a noite assistindo as pegadinhas do Silvio Santos e, logo depois, o filme que estivesse passando na Globo, para comentar no dia seguinte.

....

Estou dentro de um carro passando pela Desembargador Moreira e observo os prédios parecidos com aberrações de concreto e vidro que tomaram o lugar de casas históricas e, até mesmo, de praças. Muros cercam condomínios bregas espelhados com vidro verde e as calçadas estão vazias, como acontece na Barra da Tijuca, no Rio. Não se vê os clássicos carrinhos de tapioca em cada esquina, mas está cheio de "foodtrucks". Não se escuta mais aquele forrozin saindo de um carro e nem sinal de um restaurante anunciando a famosa quinta do caranguejo. Só tem espaços lounge e gourmet. Fortaleza parece desfigurada, tentando ser uma mistura dos grandes centros sudestinos para agradar a classe média brega e cafona que renega a memória de uma cidade que era única por causa de sua arquitetura e cultura.

Quando o carro entra na José Vilar, um sentimento agridoce vai crescendo dentro de mim. Tanta coisa mudou. Uma farmácia que mais parece um shopping toma o cruzamento com a Santos Dumont, enquanto do outro lado ainda existe um restaurante em formato de mansão que está ali desde tempos imemoriais. Passo em frente ao beco do MelKid, que está com a mesma cara de sempre, com o clássico mercadinho vermelho na entrada e gente bebendo cachaça no meio-fio. Na esquina com a Pereira Filgueiras, a Magistral continua intacta.

Vou chegando no número 651 da José Vilar e consigo ouvir um forró de favela, um som reconfortante. Coloco o pé para fora do carro e já sinto alguns olhares vindo da entrada do Campo. Pego minhas coisas no porta-malas e, antes de entrar em casa, escuto a voz da Geunice, ei bichin, tu tá voltando pra morar ou só passar férias?

Agora sim, estou em casa.

ISQUEIRO

Tinha nove anos quando a casa em que morava com minha mãe e minha tia pegou fogo. Lembro que estávamos voltando do supermercado e na esquina já vimos a fumaça. Havia uma turba em frente a nossa casa, como em qualquer boa cena de desastre. O contraste da nuvem escura com o céu do entardecer ainda é nítido na minha mente. Tento lembrar do choro, do desespero, da aflição de minha mãe e minha tia, mas não consigo. Recordo das chamas consumindo as paredes, as rajadas de fogo saindo pelas janelas. Os tons de laranja e amarelo daquele dia se tornaram a paleta de cores dos meus sonhos.

Depois desse episódio, o fogo passou a me fascinar. Comecei a fumar só para ter um pretexto de estar sempre com um isqueiro. Adorava festas juninas por causa das fogueiras, ficava impressionado com as labaredas.

O fogo mudou minha vida diversas vezes depois do incêndio na minha infância. Conheci vários namorados compartilhando isqueiros em fumódromos. A frase-chave para eu me apaixonar era "posso acender seu cigarro?".

Conheci Pedro em uma festa de São João na Praia de Iracema. Naquele ano, por algum motivo inexplicável, fazia um frio fora do normal em Fortaleza e, aproveitando o climinha nada típico e o espetáculo das quadrilhas, decidiu-se fazer uma enorme fogueira no aterro da praia. Eu observava o fogo com a cabeça enevoada pela maconha, vendo a dança fascinante das labaredas, quando Pedro se aproximou e começou a puxar assunto. Falou sobre várias coisas às quais não dei bola, a única coisa que consegui absorver foi o seu nome. Mas quando ele falou que tinha um ácido em casa e perguntou se eu queria ir lá experimentar, minha mente deu um estalo. Na mesma hora aceitei.

Subimos a Rui Barbosa e chegamos no prédio em que morava. Não lembro se na conversa ele tinha mencionado o que fazia, mas, aparentemente, era algo que dava muito dinheiro, porque o condomínio que estávamos entrando era de gente rica.

Quando chegamos ao apartamento, corri para a varanda e me deslumbrei com a vista. As luzes dos prédios pareciam resquícios de fogos. Ele chegou da cozinha com dois copos cheios de uma bebida cujo sabor não consegui distinguir. Perguntou se eu queria o ácido. Colocamos o papelzinho na boca. Ele ligou a TV e começamos a ver clipes dos anos 80, comentando sobre as músicas e, momentos depois, viajando no sofá.

O que nos tirou do transe foi o clipe de "Wuthering Heights", aquela versão com a Kate Bush toda iluminada dançando com um fundo preto por detrás. Eu e Pedro ficamos vidrados. Ele se virou para mim e perguntou se eu percebia que, na verdade, a Kate Bush estava envolta pelo fogo. Aquela fala dele me pegou. Realmente, a Kate Bush não estava apenas dançando no fogo como, a cada movimento, ela parecia soltar uma labareda. Eu me sentia dentro daquele clipe. Sentia os movimentos dela enquanto o fogo nos consumia.

Lembro que deixamos o clipe repetindo e, em determinado momento, levantei do sofá para fumar. Com o cigarro na boca, comecei a imitar os movimentos da Kate Bush. Sentia todos os agudos dentro de mim e logo passei a sentir o fogo na minha boca, descendo pelo esôfago, passando pelas minhas pernas, chegando nos meus pés e subindo até minha cabeça como as labaredas da fogueira que vira naquele dia. Meu corpo e tudo na sala pareciam estar sendo consumidos pelo fogo. Fechei os olhos sentindo o calor e o prazer que aquele fogo me fazia sentir; quando os abri os olhos novamente, vi os escombros queimados da sala e Pedro e eu carbonizados no sofá fumegante.

CORTINAS

Que situação estranha. É o que sempre penso ao lembrar dessa história. Mesmo que a vida seja formada por situações estranhas, essa, porém, me persegue, apesar de até hoje nunca ter compreendido o que realmente aconteceu.

Verão na Tijuca. Inferno na Terra.

Melado de suor, olhando para o outro prédio, vi o apartamento em frente à janela do meu quarto com cortinas, coisa que não havia um dia atrás. Todas as janelas estavam cobertas por panos espessos e, aparentemente, caros.

Janelas me fascinavam desde aquela época. Tenho um prazer meio bizarro de ver um pouco da vida privada das pessoas. Caminho pela rua e sempre tento ver como são as casas por meio dessas brechas que todas elas têm. Adoro prédios baixos e com janelões, pois consigo observar tudo o que há em salas que não são ocultas por panos.

Não gosto de cortinas porque elas escondem o que há dentro dos cômodos. Desde a infância elas sempre me trouxeram a sensação de que, quando fechadas, coisas proibidas aconteciam atrás delas.

Nunca tinha visto aqueles vizinhos abrirem as cortinas, o que me intrigava. Jamais tive a oportunidade de vê-los. Tenho quase certeza de que eles tinham filhos, pois duas janelas eram adornadas com estampas infantis.

Nas noites daquele verão, o único no qual a família das cortinas ficou naquele apartamento, eu tentava me refrescar na janela com a falsa brisa noturna vinda da chuva. Foi numa dessas noites, durante uma típica tempestade de verão, que presenciei algo banal, mas que me encuca até hoje.

Dilúvio. Caos.

Observava fascinado a chuva com seus raios e trovões quando, no apartamento das cortinas, as luzes de todos os quartos piscavam freneticamente. Parecia uma boate. Quanto mais forte a chuva ficava, mais rápido as luzes piscavam. Era o único apartamento nessa situação.

Do nada, uma cortina despencou e, na mesma hora, um raio iluminou um cômodo assustadoramente vazio. Fiquei atônito com aquela visão. Fechei os olhos e comecei a sentir a roupa grudar no meu corpo. Parecia que eu estava na rua, sendo banhado pela chuva. Comecei a sentir calafrios. Luzes passavam pelas minhas pálpebras. Trovões ressoavam dentro do meu peito.

Abri os olhos e me vi dentro da sala vazia do apartamento em frente ao meu. A janela estava escancarada e a chuva entrava em abundância, formando uma piscina no piso de taco. Comecei a tremer, parecia que eu me deslocava telepaticamente entre todos os cômodos. Vi as cortinas da sala, as com estampas infantis e, até mesmo, a do box do banheiro.

Um raio atingiu o poste, uma explosão seguida de um cheiro de queimado e escuridão.

Fui encontrado desacordado um dia depois da tempestade no apartamento vazio que ficava de frente para a janela do meu quarto. Os moradores do prédio ouviram gritos e batidas na parede, decidiram arrombar a porta e se depararam comigo, nu, todo ensanguentado e tremendo no chão de taco. Segundo as câmeras, já que o vigia só ficava de dia, eu tinha esperado alguém chegar no prédio e entrado junto com a pessoa. Como entrara no apartamento e como fiquei trancado lá, não fazia a menor ideia.

Aquele apartamento que dava em frente à minha janela não era habitado há anos, sem visitas de corretor e muito menos de qualquer porteiro. Como as cortinas tinham aparecido ali, ninguém sabia.

DESEJOS

para Estefânia Xavier, que compartilha o mesmo fascínio e horror pela Igreja

Escrevia todos os meus pensamentos no caderninho que havia ganhado no Congresso de Adolescentes da Igreja. Nunca fui muito de falar com os outros, então tudo o que eu pensava estava naquelas páginas pautadas e com citações bíblicas nos rodapés.

Lembro bem da citação que estava no dia em que coloquei um dos pensamentos mais impuros. Era um versículo de Lucas que parecia até um aviso: "Ninguém que lança mão do arado e olha para trás é apto para o Reino de Deus."

Enquanto eu estava escrevendo os sentimentos pecaminosos que tive ao longo da semana, um grupo de irmãos da Igreja chegou na minha casa. Minha mãe adorava receber gente. Se fosse para orar, melhor ainda. Só que nunca era apenas uma oração. Depois tinha um lanche, uma roda de fofoca, uma sessão de filmes bíblicos dos anos 50, mais oração, louvor e mais fofoca ainda. O que sempre me irritava naquilo tudo era o fato de esses irmãos sempre irem aos sábados, meu único dia livre para fazer o que eu quisesse, já que durante a semana eu tinha aula e de noite fazia serviços para a Igreja. O domingo era um dia sagrado.

Queria ver filmes na sala, mas não podia porque ela estava cheia. Não me sentia confortável para poder passar o tempo que quisesse tomando banho. Não conseguia estudar porque o barulho das conversas e orações chegava no meu quarto. Para poder ter meu espaço, precisava esperar aquelas pessoas terem a boa vontade de ir embora. Ou seja, eu sempre me cansava antes.

Já de saco cheio de ouvir os problemas daquela gente enquanto esperava elas irem embora, vários pensamentos me vieram à mente. Bem que a irmã Paulina poderia desenvolver um câncer e ser hospitalizada para ficar um bom tempo sem vir aqui. Como seria ótimo se o irmão Jairo perdesse a voz e nunca mais pudesse cantar esses louvores. A Suzete deveria aproveitar essa depressão e se jogar da ponte. Seria perfeito se a Lia e o Tadeu fossem esfaqueados numa dessas missões que eles vão.

Pensei em todos os tipos de desgraças que poderiam acontecer com os irmãos da Igreja para que eles nunca mais pisassem aqui em casa. No fim da noite, escrevi que seria uma boa se todos eles morressem. Para minha surpresa, assim que coloquei isso no caderno, eles se foram. Minha mãe avisou que iria sair junto com o grupo.

Meu momento de paz na semana tinha começado, mesmo que fosse durar trinta minutos. Me joguei no sofá e liguei a TV. Estava passando um filme de terror que eu adorava. Apesar de ter desligado todas as luzes, um fiapo de claridade entrava pelo vão da porta que dava diretamente para a rua.

Minha mãe voltou um tempo depois e foi direto para o quarto. Decidi vencer o sono e assistir ao final do filme. Enquanto os créditos rolavam, ouvi uma batida na porta. Já era tarde, mas, em se tratando da minha casa, sempre poderia ter um irmão precisando de ajuda espiritual. A batida ficou mais forte. Com esse barulho já era para a minha mãe ter acordado. Pelo vão da porta, a luz se alternava com sombras. Mais batidas. Caminho para a porta na ponta dos pés e vejo pela fechadura uma pessoa de terno. Seria o Pastor? Não, não. Ele teria se anunciado. Comecei a ter calafrios. Decidi ver pelo olho mágico.

Era um homem tão alto que eu não conseguia ver o seu rosto. A luz do poste estava desligada. Para piorar, foi se aproximando até eu enxergar apenas um botão do seu terno. Uma batida que fez a porta tremer. Caí no chão. A maçaneta começou a se mexer freneticamente e perdi o fôlego. As batidas e a maçaneta cessaram e a luz do poste voltou a entrar pelo vão da porta. Me levantei, trêmulo, sem saber o que fazer e para qual cômodo ir. Não tinha onde me refugiar. Se minha mãe não tinha acordado até agora, ela não iria acordar mais.

Alguns minutos se passaram e agora uma batida leve na porta. Tremendo, fui de novo para o olho mágico e vi a mesma pessoa de terno, com um chapéu cobrindo o rosto. Assim que vi a figura, escutei: "Sei que você não gosta de visitas, mas se você me receber na sua casa, todos os seus desejos de hoje serão realizados. É só me deixar entrar."

Meu corpo foi mais rápido do que o meu cérebro.

BRECHAS NO CÉU

para Ingrid Rayanne

todos os dias quando vou dormir a memória daqueles anos vem à minha cabeça. minha avó naquela cama encharcada de sangue e com moscas sobrevoando o seu corpo. ela que já tinha tido muito sangramentos. nove filhos em parto normal. dizia que o primeiro foi o que mais deu trabalho. tanto esforço pra colocar aquela criança fora do corpo dela para depois de uns dias ela morrer. morreu com problema no sangue. um corpo que sangrava todo mês durante anos. na minha cama, eu pensava o quanto ela precisou sangrar nesta vida para, no fim, sua morte vir pelo escorrimento por todos os orifícios. a minha lembrança dela era sempre banhada de vermelho. tudo era viscoso como aquele líquido que a matou.

nos últimos meses de vida, minha mãe vomitava uma mistura de bile com restos de vegetais de uma cor rosada. tudo dentro dela estava sendo colocado pra fora por causa de uma doença incurável. morreu engasgada no próprio vômito e com a boca empapada de sangue da língua mordida.

meus tios e meu pai eram policiais e foram mortos por causa de balas em confrontos contra bandidos. todos, quando baleados, perdiam tanto sangue que sequer conseguiam chegar vivos ao hospital. foi um trabalho hercúleo limpar os locais no qual eles morreram. o vermelho parecia se impregnar nas calçadas e se eu fosse visitar esses lugares ainda veria resquícios de sangue.

eu reviro, reviro e reviro até o sono vir e com ele o sonho viscoso que tenho todos os dias.

Estou nu em frente a um espelho. Uma lâmina invisível vai abrindo a minha pele. O sangue aparece no meu corpo como raios de sol que passam por brechas em um céu nublado. Olho fixamente para os meus pulsos por horas infinitas até que são rasgados, preenchendo minha visão de um vermelho reconfortante.

acordo.

5 MANEIRAS DE VOLTAR PARA CASA

1ª maneira

Trabalhe, junte dinheiro e se planeje antes. Compre as passagens com antecedência. Avise no trabalho que vai precisar de um dia a mais de folga ou espere as férias que podem nunca chegar porque a vida e os seus percalços vão te fazendo ter que arrumar outros empregos antes que você complete os meses necessários para ter um mês livre. Essa é a maneira mais concreta e real de se voltar para casa.

2ª maneira

Caso goste de ler, procure histórias que se passem naquele lugar de onde você saiu e de que sente saudades. Escolha livros escritos por pessoas que vivenciaram aquelas ruas e escreveram personagens que poderiam muito bem morar no mesmo bairro onde você nasceu ou cresceu.

Se não for muito leitor, busque filmes que remetam àquele lugar por meio de algum tipo de microcosmos ou, até mesmo, por meio de uma trama que seja semelhante a algo que tenha ou que poderia ter acontecido naquele ambiente para o qual deseja voltar.

Uma outra opção é ouvir músicas que te tocavam enquanto você estava lá. Muitas vezes, uma batida ou um agudo podem teletransportar de um jeito inacreditável.

3ª maneira

Coma ou beba algo que consumia com frequência lá, mesmo coisas de que tenha enjoado. É possível que você seja levado não só para casa, como passe a gostar ainda mais daquela comida ou bebida. O efeito, na maioria das vezes, é impressionante.

4ª maneira

Converse com alguém que ainda esteja lá ou que compartilhe da sua situação. Escute com atenção o sotaque, as gírias, o senso de humor e os gestos. Se estiver conversando pessoalmente, deixe o ouvido bem aguçado, caso seja virtualmente, feche os olhos e absorva a fala ou preste atenção na maneira como a pessoa escreve e se expressa.

Não deixe de jeito nenhum que o pensamento e o costume das pessoas do lugar onde você está no momento se sobreponha aos do de onde você veio. Isso pode quebrar os laços que possibilitam certas maneiras de voltar para casa.

5ª maneira

Expresse o seu desejo de viajar para o lugar de onde você veio por vias artísticas. Pinte ou desenhe coisas de lá que estão na sua memória ou que transmitem a sua essência. Escreva textos que se passem ou falem de lá; construa ficções, teses, artigos, crônicas (fica a seu cargo) sobre aquele canto para onde deseja voltar. O importante é deixar sua criatividade e nostalgia fluírem juntas.

PORTO DAS DUNAS

Enquanto caminhava pela José Vilar, ia pensando sobre como minha vida havia mudado em tão pouco tempo. Fiz uma prova e passei para um dos colégios mais importantes de Fortaleza. De uma certa maneira, tinha um futuro garantido. Fazer o ensino médio em uma escola particular de renome não só me ajudaria no vestibular, como me traria contatos, segundo minha mãe. Então, quando comecei a estudar no Christus, me dediquei ao máximo nas aulas e em fazer amizades.

A primeira amiga que fiz foi Suy, filha de um figurão do Sistema Verdes Mares de Comunicação. Morava em um apartamento enorme na Beira-Mar e a nossa primeira conversa foi sobre como a aula de matemática estava chata. O professor não era dos melhores, ela me disse. Era novo e ainda não tinha muita experiência em sala de aula. Não ia durar muito. Assim que o sinal para o intervalo tocou, Suy me chamou para irmos na cantina e encontrarmos seus amigos do terceiro ano.

A nossa sala era no final de um longo corredor e a cantina ficava no térreo. No caminho, Suy me perguntou onde eu morava, quem eram os meus pais e o que eu queria fazer. Falei tudo. Ela demonstrou uma solidariedade enorme, como se eu fosse um grande guerreiro. Tive vontade de rir, mas segurei.

Quando encontramos os amigos de Suy, fui apresentado a todos, que logo me incluíram na conversa. O assunto era onde seria a social de sexta. Carlos, filho do diretor do maior hospital da cidade, falou que os pais estavam viajando e a casa deles no Porto das Dunas estaria livre. Pediu apenas para alguém levar maconha. O resto ele forneceria. Quando Carlos terminou de falar, Suy disse que eu poderia ficar responsável pela maconha, pois eu morava no Campo do América, um lugar com fácil acesso a qualquer tipo de droga. Todos me olharam com curiosidade. Para quebrar o gelo, disse que, sim, levaria. Houve uma pequena comemoração, que logo foi substituída por outro assunto.

Antes de o intervalo acabar, fui ao banheiro e encontrei o Alexandre. Sabia o nome dele por causa da lista de chamada. Ele estava escovando os dentes enquanto eu lavava as mãos. Depois de cuspir tudo na pia, Alexandre começou a conversar comigo. Fez as mesmas perguntas de Suy, mas sem demonstrar nenhuma surpresa. Me desejou boas-vindas e perguntou se eu queria ir à biblioteca com ele no final do turno. Aceitei.

As aulas naquele dia passaram voando e só senti a exaustão depois que o sinal de saída tocou. Suy perguntou se eu queria ir ficar na arquibancada conversando. Respondi que ia na biblioteca com o Alexandre. Ela se despediu e falou que depois me mandava uma mensagem.

Na biblioteca, Alexandre me mostrou sua seção favorita, a de literatura. Falou que o acervo dali era ótimo e concordei. Era mesmo. Tinha basicamente todos os lançamentos possíveis. Enquanto me mostrava uma das suas leituras mais recentes, ele me olhou e perguntou se eu era gay. Congelei. Eu só tinha ficado com meninas, mas na hora de bater punheta pensava em homens. Respondi que não sabia, pois só tinha beijado mulher. Alexandre riu, meio incrédulo. Segundos depois, perguntou se eu queria experimentar ficar com ele. Fiquei nervoso, mas aceitei sem pensar muito.

Fomos para a casa dele, que era perto da escola. No caminho, conversamos sobre nossos gostos musicais e as últimas coisas que tínhamos assistido. Chegamos no prédio e encontramos com Paulo, irmão de Alexandre. Fomos apresentados um ao outro. Paulo estava voltando do cursinho do Christus, que ficava próximo da sede. Quando Alexandre abriu a porta do elevador, saímos já dentro do apartamento, que tinha uma sala enorme e uma varanda que parecia maior ainda.

Alexandre me puxou para o sofá enquanto Paulo foi na cozinha beber água. Sentamos e Alexandre pegou no meu pescoço e me deu um selinho. Sorriu e depois enfiou a língua na minha boca. Meu pau subiu na hora. Continuamos nos beijando por alguns minutos.

Paramos quando percebi que Paulo estava observando a gente de longe, com o pau marcando a calça. Alexandre chamou o irmão e o beijou na minha frente. Paulo me agarrou e começou a me beijar.

Deitei no sofá com Paulo em cima de mim e Alexandre por trás dele.

Fechei os olhos e me deixei levar pelo momento. Tantas sensações novas. Uma infinidade de coisas para assimilar. Gozei ao mesmo tempo que Alexandre e Paulo gozavam em cima da minha barriga e se beijavam.

Fomos para o banheiro, tomamos banho juntos e em silêncio. Depois, Alexandre me ofereceu uma roupa, que não aceitei. Paulo se trancou no próprio quarto e Alexandre e eu fomos para a cozinha almoçar. Como era de se esperar, aquela cozinha era tão nova e grande quanto o resto do apartamento. Sentamos na mesa e começamos a comer. Quando terminamos, Alexandre me pediu para não contar nada a ninguém. Prometi que nada sairia dali e um pouco depois fui embora.

Assim que saí do prédio, comecei a sentir uma dor de cabeça que já se encaminhava para uma enxaqueca. Descia a Barão de Studart, tentando assimilar o que tinha acabado de viver. Cheguei em casa, tomei um Cefaliv e dormi até umas seis da noite.

A semana foi passando tão rápido que mal tive tempo de me preparar para a social de Carlos e nem de conversar com Alexandre. A única coisa que consegui fazer foi perguntar a Suy se podia pegar uma carona com ela, já que um Uber da minha casa para o Porto das Dunas sairia caríssimo. Ela falou que iria com o Paulo e, claro, eu poderia ir junto. Aproveitando a conversa, comentou que Carlos e Paulo namoravam. Tentei assimilar aquela informação, mas a conversa desviou para um simulado que iria acontecer em algumas semanas e, no final, acabei marcando de ir pra casa dela na sexta depois da aula, jogando esse tópico para o fundo da minha mente.

Na quinta, depois da aula, fui para arquibancada ler um pouco para não pegar o sol quente de meio-dia no caminho para casa. Alexandre apareceu, se sentou ao meu lado e perguntou se eu estava gostando do livro. Disse que estava achando qualquer coisa. Perguntei se estava tudo bem. Sim, estava. Ficamos em silêncio durante um tempo, mas minha curiosidade foi maior. Tinha dito que não comentaria sobre o que aconteceu no apartamento, mas depois de saber sobre Paulo e Carlos fiquei ainda mais confuso sobre aquela situação vivida com ele e o irmão.

Alexandre riu e ficou olhando fixamente para a frente quando começou a falar. Quer que eu seja sincero? Por favor. Nem eu sei bem o que rolou. Simplesmente aconteceu. Fiquei calado. Ele olhou pra mim e sorriu. Essas coisas fazem parte da adolescência, né? É, é, acho que sim. Pegou na minha mão e disse que, se eu quisesse, rolaria novamente. Meu pau subiu e ele percebeu. Deu um risinho, me abraçou e perguntou se iria me ver amanhã na casa do Carlos. Falei que sim. Ótimo, a gente se vê lá amanhã então. Saímos juntos e cada um seguiu o próprio caminho.

Cheguei em casa e tive que pedir para o meu tio conseguir uma maconha de 50 para mim. Era a única pessoa que eu confiava, ele não iria falar um A sobre aquilo, já que era viciado em crack. Vivenciar aquela situação me deixava desconfortável, era quase como se fosse um alerta: gente rica pode usar e abusar de todas as drogas, mas se você for pobre, cuidado. Eu não queria terminar como o meu tio, mas ao mesmo tempo sabia que uso recreativo não gera necessariamente um vício. Antes que o embate ético e moral tomasse minha cabeça, peguei a maconha, escondi bem na mochila e fui estudar.

Na sexta da social, mal consegui conversar com Suy ou Alexandre. Estava tão concentrado nas aulas que sequer notei o tempo passar. Saí da sala junto com Suy e Alexandre e ficamos conversando sobre como seria a noite. Terminei indo ao apartamento do Alexandre, já que sairíamos de lá.

Chegamos ao apartamento, fomos direto para o banheiro e transamos duas vezes. Depois ficamos deitados no sofá, vendo TV. Paulo chegou, me cumprimentou e falou para nos prepararmos, que iríamos sair em poucos minutos. Eu e Alexandre verificamos se nada estava faltando. Tudo pronto. Entramos no carro de luxo do Paulo, pegamos a Suy e, em trinta minutos, chegamos em um condomínio enorme no Porto das Dunas. A casa de Carlos era a maior da rua e a mais moderna também.

A casa era uma mansão de novela. Piscina enorme, jardim e quintal com vista para um lago artificial. Todo mundo estava sentado numa mesa próxima à piscina. Algumas pessoas eu não conhecia, eram de outras escolas. Troquei cumprimentos com todos e rapidamente coloquei o saco com a maconha na mesa. Como num passe de mágica surgiram dois becks longos e cheios. Já acesos.

O tempo foi passando, as conversas foram ficando descentralizadas e todo mundo ficou muito chapado. Suy, com os olhos quase fechados, riu e disse que eu era o melhor aviãozinho de todos. Morava perto da boca e não corria riscos de ir comprar. Eu servia muito bem pra isso, segundo ela. Riu mais um pouco. Fiquei um pouco zonzo ao ouvir essas palavras e fui para a beira do lago.

Fiquei contemplando o escuro do lago ouvindo *Heaven or Las Vegas* no celular. Minha cabeça parecia estar no espaço e meu corpo mais distante ainda. Algum tempo depois, Carlos e Paulo se sentaram do meu lado. Senti Carlos me observando da cabeça aos pés; os dois estavam tão chapados quanto eu, ou mais. Começaram a se beijar e uma eletricidade passou pelo meu corpo. Paulo colocou a mão no meu pau e apertou, depois levou a mão de Carlos também ao meu pau, o acariciando lentamente.

Carlos nos chamou para o quarto e subimos cambaleantes. Entramos numa suíte enorme. Na varanda, Alexandre fumava um cigarro. Paulo pegou Alexandre pelos cabelos e o jogou na cama. Cuspiu na cara dele, baixou a calça e enfiou o pau na boca do irmão. Fiquei imóvel vendo aquilo e meu corpo, mais rápido do que a minha mente, estava excitado. Do outro lado do quarto, Carlos observava tudo mordendo os lábios e se masturbando freneticamente.

Paulo bateu no irmão ao mesmo tempo que o beijou. Carlos me puxou, apertou o meu pescoço e falou que sou seu novo objeto. Me empurrou no chão, me deu um chute leve e depois enfiou o pé na minha cara. Eu escutava de longe os gemidos de Paulo e Alexandre, além do barulho dos socos de Paulo nas costas de seu irmão.

Carlos continuou a me chutar alternando com cuspes e tapas. Tudo aquilo era uma loucura, mas eu não sabia como reagir. Deixei Carlos fazer o que quisesse comigo. Em algum momento Paulo e Alexandre ficaram em pé ao lado de Carlos. Do chão, eu encarava os três. Alexandre falou: "Nosso novo brinquedinho é perfeito, aceita tudo. Nem acredito que te encontrei." Eles riram e começaram a me chutar. Carlos foi o primeiro a me penetrar. Sem camisinha, enfiou o pau com tudo. Antes que eu pudesse gritar, Paulo meteu o pau na minha boca enquanto Alexandre pressionava minha cabeça.

Fechei os olhos e fui penetrado diversas vezes, sem saber quem estava metendo. Aos poucos, fui entendendo o que estava acontecendo ali e o meu prazer foi aumentando. Quando me dei conta do meu papel como objeto, gozei.

PRAIA DO NAÚTICO

Saí correndo do posto do Meireles. Atravessei a rua correndo. Olhava para o alto e só enxergava a torre verde do Naútico, sentindo uma vertigem assustadora. Enquanto cruzava o calçadão em direção à praia, as pessoas me olhavam assustadas. Eram três da tarde, a areia estava quente. Ouvia o barulho do mar, mas não conseguia ver porque minha visão estava embaçada. Quando senti a água do mar na pele, parei. A praia estava vazia e a maré baixa. Abri o papel, as letras diziam algo que eu não queria compreender. Entrei na água, mergulhei na primeira onda, na segunda, na terceira, na quarta, na quinta, na sexta, na sétima, na oitava, na nona, na décima. Ia sentindo meu corpo mais leve a cada mergulho. O papel já tinha sido arrastado para longe. Eu iria viver, independentemente de qualquer coisa. Deixei as ondas me levarem de volta para a areia. Fitando o céu com a água envolvendo o meu corpo e puxando-o aos poucos, me dei mais uma chance. Tudo iria acabar ali, mas tudo se iniciaria ali também.

THE BALLAD OF GUSTAVO

para P.A.F.

Seria uma mentira dizer que nos conhecemos de maneira aleatória. Por um acaso seria melhor, mas também não é exatamente isso. Eu respondi a um story dele, perguntando sobre um lugar qualquer que ele tinha postado. Daí, foi um pulo para marcarmos uma cerveja no fim do meu expediente. No dia combinado, ele tinha uma reunião e não poderia ir. Sou insistente, às vezes até demais, me humilho por pouco, mas não foi o que aconteceu com Gustavo. Sugeri nos encontrarmos em outro dia, um sábado. Ele respondeu que só conseguia sair às nove da noite. Nenhum problema da minha parte. Sairia do trabalho quase oito horas e, enquanto o esperava, mataria um tempo na Livraria da Travessa. Combinamos de nos encontrar lá e aí decidiríamos o que fazer em Botafogo. Para minha sorte, Gustavo chegou um pouco antes da livraria fechar e perguntou se eu tinha algo em mente. Falei que era a pior pessoa para decidir qualquer coisa que fosse e ele acabou por me levar a um bar no Humaitá, bairro próximo de Botafogo e do seu apartamento.

No caminho, o deixei falar de sua vida, de seus projetos e todas as outras coisas que alguém minimamente interessado faz em um encontro. Eu não sabia o que era exatamente aquilo que estávamos tendo.

Não sei se aquilo necessariamente se configuraria num date, uma vez que não sabia qual era a intenção dele. Durante o percurso, enquanto conversávamos, foi que passei a me dar conta de que, sim, aquilo poderia ser chamado de encontro. A forma como ele falava me fez, também, entrar na onda de que eu estava saindo de fato com alguém. Não me leve a mal, eu namoro há cinco anos e, apesar de estar em um relacionamento aberto, as vezes em que fiz sexo sempre foram casuais. Já ia encontrar a pessoa com segundas intenções e era isso. Um dos pactos que tenho com meu namorado é de que podemos ficar com outras pessoas sem nos envolvermos afetivamente, como ter um relacionamento paralelo. Quando marquei com Gustavo, não tinha intenção alguma de qualquer coisa. A verdade é que eu sou uma pessoa carente em muitos níveis, preciso de contato humano mesmo que isso signifique me meter em ciladas como sair com um grupo de pessoas com as quais, antes mesmo de chegar no lugar, sei que vai ser uma bela duma porcaria. Sofro de fear of missing out, como a Marina Lima naquela música na qual ela espera acontecimentos e, no fim das contas, quando anoitece a festa é no outro apartamento. Talvez eu seja assim por uma série de fatores que variam desde a minha idade, vinte e dois, até pelo meu signo e todas as suas variantes que desconheço, mas que, quando uma amiga leu meu mapa astral, tudo se encaixava, então meio que acabo encontrando um certo sentido. Preciso colocar nessa conta, também, a questão principal: passei muitos anos da minha vida no Rio de Janeiro, uma cidade que é completamente oposta a Fortaleza, e nunca consegui manter amizades o suficiente para sair nos fins de semana, ter uma juventude típica que consiste em estudar e farrear. Não vou dizer que a vida foi injusta comigo porque, no fim das contas, eu escolhi estar onde estou. Decidi ficar no Rio, um lugar que detesto, repleto de problemas que vão desde infraestrutura até pessoas que, praticamente, são impossíveis de criar laços e ainda se acham muito especiais por serem cariocas. Nem entro no mérito do custo de vida que beira ao ridículo nessa cidade que oferece tão pouco aos seus cidadãos. Às vezes, acho que minha escolha de permanecer no Rio é uma autossabotagem imensa, um masoquismo que imponho a mim mesmo por ser tão burro e fraco, o que, para ser sincero, é bem verdade. Talvez uma boa terapia demonstrasse isso. No meio desse caldeirão todo, ainda teve o fato de eu precisar começar a trabalhar e, de certa maneira, abrir mão da minha vida acadêmica e, consequentemente, da vida social. Não tive tempo suficiente para conhecer pessoas porque, sempre, de segunda a sábado, precisava trabalhar oito horas por dia e, aos domingos, eu estava tão cansado que não conseguia fazer nada. Essa rotina me deixou em uma inércia na qual eu não conseguia estudar e nem sair, mesmo desejando avidamente as duas coisas. Infelizmente, sou uma pessoa que não consegue ser irresponsável a ponto de tacar o foda-se, encher a cara e no outro dia ter que trabalhar. O fato da minha fonte de renda ser com o que gosto me impossibilita de ser porra-louca e ir fazendo as coisas de qualquer jeito, além de ser um suplício ter que estar disposto mesmo de ressaca. Imagino que existam outras motivações por trás dessa inércia constante, como meus últimos três locais de trabalho serem em ambientes muito fechados nos quais eu não conseguia ver a luz do dia e sempre achar que estava perdendo o dia inteiro sem saber se já era noite, se fazia sol ou chuva. A montanha-russa da minha vida começou a engrenar de verdade quando passei a ser livreiro em uma livraria que tem portas abertas pra rua, em um bairro agradável, próximo à lagoa Rodrigo de Freitas.

Preciso colocar neste meu êmbolo emocional descompassado, também, o meu tratamento psiquiátrico. Antes, eu tinha umas manias com rotina e horários, o que pode ter sido um agravante que me impedia de fazer qualquer coisa que quebrasse a rotina. O turning point nesse meu lado obsessivo foi quando pensamentos repetitivos e intrusivos tomaram minha mente e a deixaram em um estado no qual eu pensava que estava enlouquecendo, que precisaria ser internado ou, de que para acabar com isso, a solução mais imediata seria me matar. Quando eu via um ônibus em alta velocidade, minha vontade era de me jogar na frente e ter meu corpo estilhaçado para ter paz. Por sorte, meu namorado, que é psicólogo, me fez buscar uma terapeuta que, em pouco tempo, me passou para um psiquiatra que me receitou um antidepressivo leve e alguns ansiolíticos de backup, além de receber um laudo dizendo que eu tinha depressão e transtorno obsessivo compulsivo. A quebra com o meu eu anterior aos remédios talvez tenha sido importante para estar onde estou hoje, saindo com estranhos puramente pelo prazer de ouvir coisas diferentes e quebrar a minha rotina sempre que possível, como alguém normal. Tirando meu namorado e minha terapeuta, jamais verbalizei isso para outra pessoa. O que falo de mim para amigos e desconhecidos são apenas fragmentos dessas coisas que falei, como pequenos fragmentos espalhados pelas diversas relações da minha vida. Acho que não comento sobre esses sentimentos confusos porque tenho medo de que os outros me olhem e vejam a imensa bagunça que sou. Talvez me abrir assim faça quem quer que seja sentir pena ou pensar "olha lá, coitadinho". Tenho pavor disso, não quero. Chega a ser ridículo me expor dessa maneira, de um jeito que pode soar meio depreciativo, mas saiba que isso é só um adendo numa história que vai muito além de qualquer problema que eu possa ter.

Quando já estávamos chegando no fim de Botafogo, Gustavo dobrou em uma rua escura e fomos caminhando mais próximos, quase nos tocando. De longe, já era possível ver a movimentação nos bares. Para a nossa surpresa, estava ainda mais cheio do que imaginávamos. Não tinha lugar para sentar e, por uns minutos, conversamos sobre o que iríamos fazer. Acabou com Gustavo indo pegar um drink em um barzinho e eu comprando um latão de cerveja em uma barraquinha. Decidimos sentar no meio-fio e, ali mesmo, pedi para que ele contasse mais sobre sua pesquisa relacionada ao Raymundo Faoro, uma figura que só conhecia de nome. Uma das coisas que acho incrível em qualquer conversa e, principalmente, em um encontro como aquele que eu não tinha ideia do desfecho, é ver os olhos da pessoa brilhando enquanto ela fala sobre alguma coisa. Sem desdém ou uma postura narcisista, Gustavo discorria sobre o seu projeto. Confesso que, para mim, foi até difícil falar sobre algo. Ele parecia ter tanta coisa melhor para dizer que preferi ficar na minha e apenas escutar, fazendo uma pergunta ou outra para não parecer que estava desinteressado. Só não comentava nada por não estar à altura da conversa mesmo. Como em todo bom papo, o assunto foi se deslocando para temas mais pessoais. Chegamos até a trocar uma ideia sobre livros de ficção que gostávamos, mas nos entrosamos mais quando falamos sobre nossos relacionamentos. Para minha surpresa, Gustavo era casado há dez anos. Quando soube dessa informação, fiquei ainda mais curioso para saber onde tudo aquilo acabaria. Uma coisa é sair com alguém descompromissado, outra é ter algo com uma pessoa com um relacionamento duradouro e, aparentemente, firme. Em todos esses anos que passei com o meu namorado, acho que nunca saí com ninguém que tivesse relação aberta. Para mim, essa foi a chave de virada em toda aquela situação. Naquela altura do campeonato, eu já estava caidinho por ele e o que me tranquilizava era saber que, independentemente do que acontecesse, a coisa não passaria do casual e sem muitas neuras para os dois. Uma verdadeira dádiva. Passamos mais um tempo conversando, até que Gustavo perguntou se eu queria ir ao apartamento dele. Era tudo que eu mais queria. Foi nesse momento que percebi o interesse dele, com esse convite. Queria beijá-lo, mas não sabia se era algo recíproco, então nem me precipitei em tentar chegar mais perto. Nos levantamos e eu já estava meio tonto de cerveja. Fomos caminhando em direção à rua principal do Humaitá meio abraçados porque fiquei com frio e vi a oportunidade de tocá-lo, tê-lo mais próximo. Em uma parte escura do trajeto, ele fez algo que me deixou mexido. Pegou o casaco que usava e colocou em mim. Me derreti todo, parecia que eu era um adolescente saindo escondido de uma festa de colégio para dar o primeiro beijo. Paramos em uma lanchonete e compramos dois salgados, que devorei e, logo depois, pensei na burrada. Com certeza não tinha como escovar os dentes na casa dele, fiquei com receio de ele sentir o gosto de coxinha misturada com cerveja e cigarro na minha boca. Que péssima primeira impressão, pensei. No trajeto até o prédio, confabulei maneiras de dar um jeito para o beijo não ficar estranho. Enquanto subíamos o elevador, decidi que tentaria adiar ao máximo a hora em que nossas bocas se encontrariam.

Entramos no apartamento, que tinha uma decoração sofisticada com luzes coloridas que davam um ar de cenário de filme. Meus olhos correram rapidamente pela sala em busca de uma estante ou prateleira, como é de costume toda vez que vou à casa de alguém. Os livros que a pessoa tem costumam dizer muito sobre elas. Visualizei uma prateleira no alto da parede, mas, por conta da iluminação, não consegui distinguir os títulos. Gustavo falou para irmos na pequena varanda, ver a vista. O céu estava nublado e raios despontavam pelo horizonte. Observar a Lagoa e o Jardim Botânico do alto sempre é um absurdo, porque, de fato, o Rio de Janeiro é lindo, mesmo com sua crueldade. Aquela imagem que via, os relâmpagos cortando o céu e o prenúncio de uma chuva pesada, me fez pensar em uma música na qual o clipe, de uma certa maneira, tinha elementos do que estava vendo. Na minha cabeça a letra tocava enquanto meus olhos, vidrados na paisagem, me faziam me desligar de tudo. *I was on a heavy tip; Tryna cross a canyon with a broken limb.* Sentia uma aproximação crescente. *You were on the other side.* Uma respiração no meu pescoço, um arrepio pelo corpo. *And with one kiss; You inspired a fire of devotion; That lasted for twenty years; What kind of man loves like this.* Viro e olho Gustavo, tão próximo, a boca na altura certa. As guitarras na minha cabeça ressoam altíssimas. Estremeço e enfio a língua na boca dele. A música mental continua a tocar e é ela que dá ritmo ao beijo. Nos jogamos no sofá e ele chupa meus lábios com vontade. Passo a mão pelo corpo dele, louco para descobrir como devem ser suas axilas, seu peitoral, sua barriga. Nossos paus começam a se enroscar nas cuecas, nossas mãos parecem querer tocar todas as partes. O sofá é pequeno demais para nós dois. Ele me puxa para o quarto. Ainda estamos vestidos e antes de deitarmos na cama, tiramos a roupa. Gustavo é peludo e tem um porte físico comum, o que me deixa com mais tesão. Vê-lo só de cueca, com a rola quase saindo para fora, me faz ter vontade de passar a língua por todo o seu corpo. Deitados, tentamos deixar nossos corpos o mais próximos possível, como se quiséssemos nos fundir. Ouvir a respiração dele, os gemidos abafados, olhá-lo de tão perto. Peço para ele ficar se masturbando em pé, para gozar na minha barriga e na minha cara. Gosto de ver o outro numa posição de poder enquanto sente prazer comigo. Gustavo, visto assim, de baixo, é transformado em algo único. Não demora muito para gozarmos. Ele deixa meu corpo todo melado de porra e desaba ao meu lado.

Ofegantes, conversamos sobre pequenas coisas e outras que são gigantescas. Aquele momento mágico no qual duas pessoas estão dopadas pelo efeito do prazer. As carícias tomam dimensões inimagináveis. Na minha cabeça começa a tocar outra música, como se estivesse em um filme clichê que passa no fim de noite na Globo. Nesse momento, enquanto Elizabeth Fraser canta palavras que não consigo distinguir misturadas na melodia me fazem ver eu e Gustavo deitados, com os créditos rolando. Me sinto em um sonho, não por ter a ilusão de que iremos nos apaixonar perdidamente um pelo outro e abandonar nossos namorados para viver uma aventura juntos, mas porque vejo que, sim, é possível ter acontecimentos especiais e de que nem tudo se resume a uma boa foda, apesar de ser importante, não é o necessário. Um misto de sentimentos se revira dentro de mim e me levanto para ir ao banheiro. Sei que isso quebra o momento, porém preciso lidar com tudo que acabei de vivenciar e sentir.

O pós-sexo, assim como a maioria, acaba por resumir-se em nós dois agarrados no escuro jogando conversa fora. Dormiria facilmente com Gustavo, mas não posso. Sei meus limites e mais ainda os da outra pessoa. Sei que não é preciso, mas vou repetir mais uma vez, eu não estou apaixonado, contudo não é apenas carência. Talvez seja um limbo de sensações e emoções que jamais experimentei e me tomaram com tudo. Essa situação pode dizer muito sobre o que guardo e o que escolho demonstrar. Jurei para mim mesmo que não escreveria coisas relacionadas a esse encontro, a essa relação, porém é o que tenho para dizer. Um dia, quem sabe, eu consiga encarar tudo isso com outro olhar e decifrar o que se esconde por trás desse limbo que é o meu corpo e tudo que nele se armazena em relação ao Gustavo.

No fim das contas, peguei um Uber, que passa pelo Túnel Rebouças em uma velocidade alucinante. As luzes dos prédios do Rio Comprido pareciam vaga-lumes. Deitei na cama e começou a chover.

É clichê falar isso, mas odeio segundas. Fico nervoso em imaginar as surpresas ou decepções que uma nova semana pode me proporcionar. Em muitos aspectos, minha alma continua sendo a de um adolescente birrento, agora com a diferença que pago contas e me sustento. Meu trajeto para o trabalho envolve dois ônibus: um para me deixar na praça do Rio Comprido, onde pego outro que passa pelo Túnel Rebouças e me faz chegar em cinco minutos no Jardim Botânico. Enquanto aguardo o 112 embaixo do viaduto, abro o WhatsApp e vejo uma mensagem de Gustavo. Nos fones, Marianne Faithfull, com sua voz de fumante, canta algo que julgo ser "aos vinte e dois anos ele percebeu que nunca atravessou o Rio de Janeiro num carro esporte com o vento em seu cabelo". Subo no ônibus, sento em uma cadeira próxima a uma janela escancarada e digito uma resposta a Gustavo. A música já está no fim e entro no túnel escuro e úmido, ouvindo que "aos vinte e dois anos ele percebeu que se encontraria para sempre atravessando o Rio de Janeiro com o vento quente em seus cabelos".

MARAVILHAS DO RIO

Saímos do metrô da Cinelândia, compramos duas caipirinhas enormes numa barraquinha na praça e entramos no VLT com os copos já pela metade. Dentro do vagão havia mais pessoas que pareciam estar indo para a mesma festa que a gente. Eu e Ana Clara começamos a conversar com um garoto muito gato, que estudava na PUC, fazia Letras e queria ser escritor. Ficamos deslumbrados e, como já estávamos meio bêbados, perguntamos do propósito estético dele. O que ele falou foi hermético demais para a nossa cabeça cheia de caipirinha.

Quando o VLT chegou no ponto final, bem ao lado da sinistra Rodoviária Novo Rio, só sobravam pessoas que iam para a festa. Dava para saber pela roupa, aquela tentativa de parecer clubber, de inovar com o estilo dos anos 90 e parecer cool. Alguns se esforçavam tanto para parecerem saídos de algum programa antigo da MTV que chegava a ser tosco. Eu e Ana Clara só íamos para aquelas festas estranhas em lugares esquisitos porque gostávamos do som. Nos juntamos ao grupo que saía do VLT parecendo meio deslocados, atravessamos a rua e seguimos para um galpão caindo aos pedaços.

Antes de entrarmos, bebemos mais dois copões de caipirinha. Uma menina de cabelo chanel, com um vestido vinil e uma bota até o joelho puxou assunto com Ana Clara. As duas pareciam estar entretidas, até o momento que as vi baixarem a cabeça rapidamente e logo depois ficarem eufóricas. A noite tinha começado pra valer.

Entramos no galpão e fomos sugados por uma escuridão esfumaçada. O techno deixava as pessoas em um transe bizarro, quase ritualístico. Dava para sentir a eletricidade no ar. Gostava de observar as pessoas enquanto sentia as batidas tomarem o meu corpo. Ana Clara havia se juntado ao grupo da menina de chanel. Dançavam num frenesi enquanto compartilhavam um beck. Do meu lado, um casal de meninos usando correntes de cachorro se pegava e dava tecos de dois em dois minutos. Ao lado da DJ, alguém fazia uma performance em cima das caixas de som.

Quando o set foi esfriando, decidi comprar uma dose dupla de vodka e acabei pegando uma bala com um carinha de cabeça raspada e roupa de couro. Trocamos um beijo, mas logo ele foi embora. Coloquei o comprimidinho na boca e deixei a festa acontecer.

Me juntei a Ana Clara e a seus novos amigos. Estavam com uma garrafa de vodka, que passava de boca em boca na roda. Todo mundo se amava, amizade eterna. Daqui a pouco a gente vai para meu apartamento no Leblon, tá? Aquele afterzinho de leve. Falava uma menina vestida com uma roupa que parecia ter saído de *As Patricinhas de Beverly Hills*.

Bebemos a garrafa inteira e alguém apareceu com mais outra. Vodka, pó, bala, maconha e energético. Tínhamos perdido a noção de tempo quando a Patricinha de Beverly Hills chamou dois Ubers. Eu e Ana Clara entramos no carro com o som ainda vibrando em nossa cabeça. Passamos pelo Túnel Rebouças, pegamos a Lagoa e assim que dobramos na Vieira Souto, Ana Clara colocou a cabeça na janela e vomitou, decorando a orla de um tom verde-rosado. À frente, o morro Dois Irmãos ia sendo iluminado pelo sol que nascia. Riqueza e sarjeta, as duas maiores maravilhas do Rio que, claro, continua lindo.

GALPÃO NO CENTRO

Levanto a cabeça e o jogo de luzes da boate me atinge em cheio. Começo a pular, a abraçar todo mundo. Que delícia poder estar aqui com vocês. Nossa, essa música é perfeita, né? Engulo tudo que está no meu copo. Beijo várias bocas cujos rostos não consigo lembrar. O sangue pulsa rapidamente na minha cabeça. Uma mão me puxa. Danço enquanto me arrastam pela pista de dança. Entramos no banheiro, fomos direto para uma cabine. Juntamos os narizes. Assim que levanto a cabeça, a mão me empurra para a parede do box e pressiona o meu pescoço. Uma voz bem perto do meu ouvido diz que precisamos transar ali, agora, senão eu vou morrer. Uma lâmina encosta no meu pescoço. Meu rosto sentindo a madeira da divisória. Sangue correndo a mil. Gemo. Em poucos segundos sinto um jorro dentro de mim que rapidamente vaza melando o chão ao redor da privada. Juntamos os narizes novamente, a lâmina ainda apontada para o meu pescoço. Sinto meu corpo entrar no mesmo transe do outro corpo ali. Meu antebraço está sendo cortado. Minha boca enfiada em uma clavícula, sangue na minha língua. Somos um emaranhado de fluidos. Misturo o seu gozo com o pó e passo na gengiva. Você soca a minha cara e faz um pequeno corte na parte detrás do meu pescoço. Mordo a sua orelha. Sua língua percorre toda a minha face, você enche minha boca de cuspe, depois me empurra contra a parede e me enforca com as duas mãos. Quando meu rosto fica quase roxo, você me solta e sai da cabine. Ouço o barulho da pia e saio também. Nos olhamos pelo espelho. Você sorri e agradece pela realização de um sonho. Olho para o meu reflexo e sorrio também.

TRINTA E CINCO GRAUS

Acordei suando. Olhei a temperatura no celular, trinta e cinco graus de sensação térmica às duas e cinquenta nove da manhã. Grogue de remédio, álcool e maconha, fui à cozinha, peguei a garrafa de água mais gelada que encontrei e levei-a para o quarto. Com as mãos já molhadas, voltei e fechei a porta. O ar estava rançoso, com cheiro de suor e fumaça de cigarro, aroma típico de cômodo fechado no verão. Já estava quase deitando na cama quando percebi alguém parado do outro lado da rua, olhando diretamente para a minha janela. A figura estava iluminada pela luz do poste e pelo letreiro capenga do hospital que fica em frente à minha casa. Me aproximei o suficiente para ver um homem com as calças abaixadas segurando o seu pau. Fiquei imóvel. Ainda estava com a garrafa na mão. O único movimento que consegui fazer foi levar a garrafa aos meus lábios para beber a água. Assim que senti o frescor na boca, o homem começou a se masturbar. A cada gole que eu dava, mais frenética ficava a sua mão. Quando terminei de beber, o homem gozou três jorros de porra na minha direção. O líquido caiu na rua que nos separava, parecendo pingos de chuva prestes a secar. Virei de costas para a janela, deitei na cama e voltei a dormir.

RESSACA INFERNAL NO PARAÍSO ELÉTRICO

A bosta parece rasgar o meu cu e deixar os pelos em volta dele melados. Quando isso acontece, minha hemorroida volta, piorando ainda mais a situação. Sinto todo o sangue do corpo preenchendo a pequena bolinha no meio do meu orifício, o que me traz uma sensação de que ainda tem um resto de merda ali, quando, na verdade, é apenas a hemorroida. Quando estou cagando nessas circunstâncias, encosto a cabeça na borda da pia e saio do banheiro com uma marca funda no meio da testa. Toda vez que cago, preciso tomar um banho. Não há papel higiênico que limpe a sujeira que sinto na bunda. Apenas a água e sabonete resolvem. Evito cagar na rua porque já criei todo um ritual no ato de defecar. Um dos meus maiores medos é não conseguir segurar a merda até chegar em casa e ser obrigado a evacuar em um banheiro qualquer pelo caminho. Deve haver alguma teoria psicanalítica sobre isso, mas prefiro ignorar. Já tenho paranoias o suficiente na cabeça. Depois de o meu cu estar lavado e eu me sentir limpo, não há nada mais prazeroso do que deitar na minha cama e bater uma punheta. Nesses momentos, eu costumo sentir muito prazer em ver pornôs com o foco no passivo. Adoro imaginar uma rola entrando pelo mesmo cu que há pouco tempo passou um tolete enorme. Fantasiar sobre a cabeça (geralmente em formato de cogumelo pela metade) alargando e o resto do músculo ir abrindo mais e mais até dar vontade de sentir os testículos arrombando tudo. Quando faço sexo, não libero meu cu por nada, porém, nesse mundo de fantasia e delírio, tudo o que mais quero é ser fodido várias e várias vezes, sem parar. Imagino corpos suados e musculosos se roçando no meu, querendo se fundir por meio do gozo. Nunca transei sem camisinha, porém nessas horas eu quero receber todas as leitadas do universo, quero que meu cu se torne um milkshake de porra. Se eu pudesse, engoliria todos esses espermas que escorrem pela minha perna depois dessa suruba dionisíaca imaginária. Que delícia deve ser o sabor desse líquido, uma mistura agridoce e viscosa com resquícios de bosta. Gostaria de ver a última pessoa que meteu em mim chupando o próprio pau, saboreando o melaço provindo do meu cu, se lambuzando no meu gozo, no gozo dos outros e no próprio gozo. Na internet encontro perfis que postam todos os tipos de fetiche que um ser humano pode ter e me delicio navegando nessas páginas, não porque eu sinta prazer em ver tais coisas, mas por imaginar o que faz pessoas aleatórias gozarem porque quero receber a porra delas em mim. Minhas motivações para ter prazer são quase como sonhos, já bati punheta fantasiando todo tipo de lugar e desejo. Chego ao nirvana em pouco tempo, meus pentelhos ficam melados, não limpo, coloco a cueca e vou dormir. Minha mente flutua, sou levado para Marte em pouco tempo e por lá fico a noite inteira.

Quando o sol entra pela janela do meu quarto, volto para o meu corpo e acordo. A primeira coisa que faço é tirar o pau todo ressecado de porra e bater uma punheta para enfrentar o dia.

ALTO LEBLON

Desço do metrô Antero de Quental e caminho pela Ataulfo de Paiva e Visconde de Albuquerque até chegar no Jardim Pernambuco, onde entro numa ruazinha e subo. É a primeira vez que vou fazer programa naquela área. O mais longe que tinha ido no Leblon foi transar com um cara que morava na Delfim Moreira, em frente ao Posto 11.

Durante muitos anos trabalhei no Shopping da Gávea e acabava fazendo uma ou outra entrega por ali. Aquelas mansões sempre me fascinaram, mas nunca tinha tido a oportunidade de entrar em uma delas. Mais uma vez, vindo a trabalho. Apesar de já ter me acostumado com a vida de programa, uma ansiedade tomou conta do meu corpo quando apertei o interfone do endereço que tinha no celular. É uma casa com um muro tão alto e esverdeado que é impossível ter sequer um vislumbre dela.

A porta demora uns minutos para abrir e um homem magro, branco como um fantasma e vestido com um pijama de linho cru me recebe. Entro e ele fecha a porta. Nos cumprimentamos e andamos por um jardim escuro. Quando ele me contatou no site, perguntou se eu ficava de boas em ser amarrado numa cadeira enquanto ele se masturbaria na minha frente. Além disso, ofereceu uma boa quantia para me vendar durante parte do programa. Aceitei, apesar de achar um pouco estranho, mas como o dinheiro era bom, não tinha por que não fazer.

Chegamos na entrada da casa e ele coloca um pano nos meus olhos, pega na minha mão e vai me conduzindo. Escuto um barulho de água quando sou posto numa cadeira confortável e sinto meus pulsos bem presos por uma corrente macia.

Ele tira a venda e estou em frente a uma enorme piscina bem iluminada. O homem caminha em direção ao outro lado, pela borda. Quando estamos frente a frente, com a água nos separando, ele tira algo do bolso. Por causa da escuridão e da distância, não consigo identificar o que é.

Ele começa a passar lentamente a mão direita sob o peito. À medida em que vai descendo, uma linha vermelha toma conta do tecido e a camisa se abre. Minhas mãos começam a suar, tenho gastura de sangue e aquilo não estava no combinado. Fico em dúvida se grito, mas acho que não adiantaria nada. Tento me livrar das correntes sutilmente, sem que ele perceba, mas elas estão muito bem colocadas.

Agora sem camisa e com a barriga sangrando, vejo que o homem tem uma arma na cintura. Sua mão está encharcada e no chão há uma poça que já começa a escorrer para a piscina. Ele enfia o cano da pistola no maxilar e sorri na minha direção. Estou paralisado e de boca aberta, busco alguma força dentro de mim para tentar fazer algo, mas é como se eu estivesse fascinado pela cena bizarra.

Aperta o gatilho e tomba para frente, afundando na piscina. A água, que antes era de um azul vívido, fica da cor de vinho enquanto o corpo começa a flutuar. Eu abro a boca e tento gritar, mas não me sai nenhum som. Tento me soltar da cadeira e acabo virando pra trás. A última coisa que sinto é minha cabeça batendo com tudo na grama.

BIBELÔ

Quinta é sempre um dia movimentado na livraria. Muitas mesas para atender. Cappuccino, cerveja, mate da casa, empanada de quê? Qual aquele livro com a capa azul que tava aqui na mesa seis meses atrás? O fluxo me animava, gostava de estar em movimento e de ver a loja cheia.

Eu estava atendendo uma cliente procurando um título do Ian McEwan quando minhas amigas que tinham sido minhas colegas em uma outra livraria chegaram. Não sabia que elas iriam me visitar. Gostei da surpresa e, na medida do possível, conversamos um pouco. Quando o bicho começou a pegar, elas foram para o mezanino sentar nas poltronas e beber mate. Continuei trabalhando sem parar até sete da noite.

Quando estava limpando a máquina do café, elas desceram e perguntaram se eu topava ir para o Baixo Botafogo tomar uma cerveja. Aceitei de imediato, sentar num bar fuleira pra jogar conversa fora era tudo que eu precisava para aliviar o cansaço que sentia. Duas mesas ainda estavam ocupadas, mas como já tinha guardado e limpado tudo, a gerente me liberou. Peguei minha bolsa e fomos para o ponto de ônibus.

Pegamos o 410 e quinze minutos depois estávamos pedindo a primeira cerveja. Começamos a falar sobre as nossas vidas, os atuais empregos, os boys que tínhamos pegado recentemente e sobre a faculdade. A conversa estava fluindo tão bem que, quando nos demos conta, tínhamos bebido sete litrões e eu tinha fumado meu maço inteiro. Quando o garçom colocou outra garrafa na mesa e enchi os copos, senti vontade de fumar mais. Falei para minhas amigas que iria na lojinha de conveniência que ficava no final da rua para comprar mais cigarros.

Já com o álcool na cabeça, passava pelas mesas de outros bares na calçada tentando não esbarrar em nada, mas acabava esfregando minha bunda em braços e bolsas sem querer. Entrei na lojinha que, como a maioria do comércio de Botafogo, tinha um estilo hipster descoladex. Luz amarela, móveis de madeira etc. Parecia algo saído de uma série americana. Fui para o balcão e uma menina que tinha um cabelo mullet me atendeu. Perguntei se tinha Marlboro Light. Ela disse que todos os Marlboros tinham acabado. Tem Lucky Strike verde? Cigarro mentolado só o Gudang. Não tinha alternativa, os outros eram cigarros importados e caríssimos. Peguei o Gudang e saí.

Voltei para o bar fumando e vi que minhas amigas estavam conversando com um cara alto, vestido com roupa de escritório, sentado na nossa mesa. Aquilo era o prenúncio de que a bebida tava batendo. Conversar com gente aleatória em mesa de boteco é sinal de que as duas pessoas estão bêbadas, principalmente numa cidade como o Rio de Janeiro onde a marra é quase uma regra de cortesia e ninguém te dá papo. Em Botafogo isso se intensifica ainda mais porque é o reino das pessoas que se acham diferentes quando, na verdade, são iguais a todo mundo do quarteirão do Baixo Botafogo.

Sentei na cadeira ao lado do cara, que se apresentou como Fernando. Ele e minhas amigas falavam sobre um filme que estava em cartaz no Estação Net. Da mesa era possível ver o pôster. Parecia ser interessante. Fiquei ouvindo a conversa em silêncio, só ia entornando copos e acendendo um cigarro após o outro. Enquanto esperava o garçom trazer outra cerveja, comecei a olhar melhor para o Fernando. Ele tinha um quê de adolescente pedante cult, mas era charmoso e, pelo que falava, era muito bem resolvido na vida, tinha emprego num consultório de advocacia chique e um apartamento próprio, que deduzi ter sido herança.

Quando minhas amigas foram ao banheiro, puxei conversa com Fernando. Não sei se era o álcool, mas comecei a me interessar por ele. Era simpático e sabia conversar, fator importante para eu gostar de alguém. O papo foi progredindo e os nossos corpos iam se aproximando. O sapato social dele roçando sutilmente no meu All Star. Passamos a dividir cigarros, as mãos encostando na boca. Minhas amigas pareciam estar em outra dimensão, bem distante daquela que eu e Fernando estávamos.

Me levantei para ir ao banheiro e, no caminho, Fernando apareceu atrás de mim. Olha, eu gostei de você e tava aqui pensando, como você trabalha no Jardim Botânico, não quer ir lá pra casa, daí você pode dormir lá, ficar mais descansado para amanhã e para termos um pouco mais de privacidade, que tal? A ideia era boa, eu estava querendo dar uns beijos, descansar e poder acordar tarde. Aceitei o convite e avisei para minhas amigas que iria para a casa do Fernando. Elas falaram que iriam continuar no bar para tomar a saideira. Me despedi e peguei o Uber com Fernando. Fiquei olhando as luzes da Rua Humaitá, da Rua Jardim Botânico e, quando o carro entrou na Lopes Quintas e tivemos que descer, quase caí ao tropeçar no meio-fio. A sorte é que naquela hora da noite já não havia mais ninguém na rua.

Entramos no prédio em que Fernando morava, pegamos o elevador e nos olhamos no espelho. Estávamos muito bêbados, nossos olhos pareciam que iam fechar a qualquer momento. Chegamos no apartamento que, para minha surpresa, era bem sóbrio. Pelo jeito que ele conversou sobre cinema com minhas amigas, pensei que teria no mínimo um pôster de algum filme do Hitchcock na parede. A única coisa que se destacava na sala era a estante de madeira que parecia ter sido planejada. Enquanto Fernando estava na cozinha pegando água pra gente, fui olhar os títulos que ele tinha. Muitos clássicos, o que me deu um pouco de preguiça. Os mais contemporâneos eram de autores como Coetzee e Sebald. Realmente, seria uma questão de atração física mesmo, porque não tínhamos gostos literários semelhantes.

Parei de pensar sobre isso assim que ele chegou com a camisa social meio aberta, os copos de água nas mãos e um beck na boca. Ele poderia não fazer meu tipo intelectual, mas era gostoso e simpático. Isso já bastava. Bebi a água, dei um trago e quase caí pra trás. Era uma maconha boa e forte. Fazia tempo que não sentia minha pressão cair assim fumando. Nos sentamos no sofá, ele ligou a TV e conectou o Spotify. Colocou uma playlist com os hits da Marina Lima e os solos de guitarra foram dando o ritmo dos beijos, das mãos e da penetração.

Fernando tinha um pau grande e reto bem peludo e axilas que davam vontade de passar horas lambendo. Ele me comeu no sofá de ladinho, na cozinha o chupei até me engasgar e no quarto ele gozou no meu peito, na minha cara, na minha barriga e na minha boca. No meio da madrugada, depois de termos transado, fomos tomar banho e ele brincou com os dedos e a língua em todos os meus buracos possíveis.

Quando saímos do banheiro, a larica começou a bater e fizemos um macarrão à carbonara. Depois tomamos sorvete com leite condensado em cima. Já empanturrados e chapadíssimos, fomos para o quarto dormir. Fernando, assim como eu, gostava de botar a perna em cima da pessoa quando dormia junto. Caímos no sono agarrados.

. . . .

Estava num sonho muito louco quando senti alguém tocando no meu ombro. Abri os olhos devagar e vi Fernando de terno com uma maleta na mão. Ele cheirava a 212. Sentou na cama, acariciou minha perna e falou que precisava ir trabalhar, mas que eu podia continuar dormindo e sair com calma. Ia deixar uma chave na mesa de cabeceira que eu só precisaria jogar por debaixo da porta quando fosse embora. Nos beijamos e voltei a dormir.

Acordei às onze da manhã, sentindo minha barriga pesada pela larica da noite. Me sentei no vaso e, rapidamente, saíram dois toletes enormes. Depois fui tomar um banho bem quente. Antes de sair do banheiro, fui dar descarga e, para o meu desespero, a merda não descia. Ela só se esfregava nas bordas da privada, deixando a água de uma cor amarronzada. Saí atrás de um balde pra conseguir fazer o negócio descer, mas não tinha balde nenhum pela casa. Tentei encher uma panela grande com água e joguei, mas só piorou a situação. Na pressa de tentar resolver isso e não me atrasar para o trabalho, decidi pegar dois sacos plásticos e enfiei minha mão na privada para pegar o cocô. Amarrei bem, coloquei dentro de um outro saco, lavei muito a mão e peguei minhas coisas para ir embora. Antes de sair, apoiei o saco na mesinha do hall de entrada para escrever um recado para Fernando com o meu número.

Saí do apartamento, fechei a porta e joguei a chave debaixo da porta. No corredor do elevador, fui na aberturinha de jogar lixo e quando olhei para minha mão, a sacola não estava lá.

PESSOAS NA SALA DE JANTAR

Rita Lee cantando essas pessoas na sala de jantar essas pessoas na sala de jantar essas pessoas na sala de jantar essas pessoas na salaaaaaaaaaa a a a a a a a a a a a a. Vidros quebrando. Abro os olhos e tudo se mexe de uma maneira estranha. Sinto o barulho da guitarra reverberar por todo o meu corpo.

Até onde sei, estou em um prédio perto da praia. Como vim parar aqui, não lembro. Bebi algumas cervejas em Botafogo, acho, conheci um grupo de adolescentes cool ou adultos que se fingiam de adolescentes cool e fiquei batendo papo. Do nada veio uma chuva, e um rapaz chamou dois Ubers ou, na verdade, duas pessoas tinham carro e fomos para um apartamento no Leblon.

No carro, começou a tocar “Habits”, disso eu tenho certeza. Olhando pela janela do carro, via a orla de Copacabana e Ipanema; lembro de alguém me dando algo na boca. Só abri e senti uma textura que agora não sei qual era. Subimos em duas levas para o apartamento. Quando entrei, pensei que era algo minimalista, poucos móveis, mas um espaço grande.

Agora, no escuro, parece um enorme vão preenchido com corpos deitados onde o cheiro de cigarro, maresia e sexo se misturam. Fecho os olhos.

alguém puxa minha camisa enquanto outra pessoa aperta o meu pescoço. começo a sentir um formigamento no corpo e luzes piscam nos meus olhos. uma língua desce pelo meu pescoço e vai até minha virilha. dois dedos escorregam pela minha boca e, cheios de saliva, vão direto aos meus mamilos. sinto como se eu fosse um redemoinho de areia. mãos sobre o meu corpo inteiro. línguas, respiração e gemidos. alguém enfia a língua na minha boca e sinto como se o encontro de línguas fosse duas cobras se atacando. sinto um cuspe na minha cara. depois um pé, um cu e sangue, que bebo sem me importar. cheiro de fósforo. pequenas gotas de cera ao longo do corpo. sinto algo perto do meu rosto e abro a boca. engulo tudo. parece que estou flutuando, vivendo mil vidas ao mesmo tempo. um soco nas costas. uma mordida na barriga. gemidos. líquidos e mais líquidos. luzes, cores. minha cabeça parece que vai explodir ao mesmo tempo em que vivo um transe infinito.

Abre a boca, alguém diz. Sinto o calor nos lábios. Maconha das boas. Trago uma, duas, três, quatro e paro de contar. O cômodo ainda está escuro. Meu corpo vibra, minhas mãos parecem arraias. Tenho vontade de rir vendo alguém acendendo um cigarro na varanda. Outros corpos se agarram a esmo, mas me desligo de tudo quando a Shakira começa a cantar "fui desde el norte hasta el polo sur, y no encontré ojos así". Sinto como se estivesse viajando, como na música. Os olhos de quem eu procurava, não lembro, fecho os meus.

Uma mão toca a minha, uma voz distante pergunta quem quer descer para a praia. Só eu e mais duas pessoas que não consigo distinguir caminham até a porta. Tudo está escuro ou sou eu que decido não ver nada. Cambaleantes, passamos pela portaria e damos de cara com uma rua vazia. Existe apenas o caminho para a praia. Nada de prédios, carros e outras pessoas. O sol está nascendo, cores incandescentes iluminam tudo. Corro para a areia, para o mar. Água fria.

mergulho quando as ondas vêm. a música dizia que eu já tinha percorrido o mundo inteiro. era verdade. essa noite fui do Rio a Beirut. transcorri todos os limites possíveis. fico boiando na água, olhando para o horizonte. o que foi que fiz? como cheguei nisso? sinto peixes nas minhas pernas. horas não são nada. anos tampouco. o que é algo? oh, mar, me diz, por favor. o que eu estou fazendo aqui? afundo na água. ar, ar, ar, ar, ar, ar eu preciso. mas meu corpo pede para ficar submerso. eu mereço isso. o mar me arrasta. sinto a areia na pele. estou respirando. vivendo.

Acorda, alguém me implora. Abro os olhos e vejo um rosto deformado.

DROWNED WORLD

Tínhamos marcado na praça mais movimentada do Grajaú. Ponto final de ônibus, igreja, escola, bares e supermercado ao redor. O fluxo era intenso em boa parte do dia, o que para mim era uma faca de dois gumes: ele não poderia me matar ali, mas também eu não me sentiria a vontade para beijá-lo em público e decidir se valeria a pena ir para o seu apartamento. Enquanto esperava, fumei três cigarros seguidos sem me importar com o cheiro e o bafo, já que ele também era fumante. O sino da igreja tocou, avisando que eram cinco da tarde. Alguns minutos depois, ele chegou. Nada mau para alguém que se denominava comunista. Tinha uma barba imensa que me atraía, mas um jeito meio lerdo barra pau mole que eu não curtia muito.

Sentou do meu lado, me abraçou e perguntou se podia fumar. Respondi que sim. Puxou um maço de Marlboro Vermelho e me ofereceu um. Aceitei. Começamos a comentar sobre as conversas que tivemos no Tinder. Falamos novamente os nossos gostos musicais, literários etc. O assunto logo se esvaiu e um silêncio tomou conta de nós. Vivenciar esses silêncios que sempre surgem em encontros de aplicativo me incomodava porque, como sempre, por conta da ansiedade, seria eu que precisaria quebrar o gelo e avançar para o próximo estágio do encontro.

Perguntei se queria beber uma cerveja, mas ele me surpreendeu falando que preferia que fossemos tomar um vinho na sua casa. Aceitei de bom grado. Fomos caminhando em silêncio até o apartamento, que ficava na região dos imóveis de luxo do Grajaú. Quando entramos no elevador, comentei sobre como ali era agradável e como era diferente do Andaraí, bairro vizinho onde eu morava. Ele riu e falou que o Andaraí era um bairro muito melhor por, historicamente, ser composto de trabalhadores. Ao contrário do Grajaú, que sempre foi reduto das famílias de militares.

Entramos no apartamento e nada foi uma surpresa. Era exatamente o que eu tinha imaginado. Óbvio que ele tinha um quadro do Che na parede, além de uma estante repleta de livros da Boitempo. Tive vontade de rir, não apenas pela previsibilidade, mas também por em algum momento ter sentido medo de ele fazer algo comigo. Eu que poderia foder esse burguesinho que paga de revolucionário.

Sentei no sofá enquanto ele foi pegar o vinho na cozinha. Coloquei o *Ray of Light* para tocar. Ele voltou com um vinho branco francês, que serviu em taças. Brindamos. A primeira música chegou no refrão e, do nada, ele me perguntou qual era o meu substituto para o amor. Aquilo me pegou de surpresa. Respondi a primeira coisa que me veio à mente. Os livros, a literatura, a ficção. Boa substituição, sorriu, olhou nos meus olhos e pegou na minha mão. Ficamos estáticos ouvindo o resto da música.

Sabe qual é o meu substituto para o amor?, perguntou. Luta de classes, eu disse. Não resisti, simplesmente saiu. Fingiu que não ouviu e começou a falar que, para ele, as drogas e a pornografia eram substitutos para o amor. Essas substituições não me surpreenderam, porém a forma como ele falou delas sim. Havia uma melancolia misturada com vergonha em sua fala. Perguntei como havia chegado a esses substitutos. Antes de responder, encheu a taça novamente e bebeu tudo de uma vez.

Quer mesmo saber? Acho que não é o momento mais adequado, mas se você quiser saber, te conto. Não sei se era efeito do vinho, mas depois de ver ele falar sobre substitutos para o amor, me desarmei e pedi para que ele contasse. Ouvir aquela história seria melhor que o sexo.

olha, não sei nem por onde começar, mas por algum motivo, me sinto à vontade para falar com você sobre isso. eu herdei esse apartamento do meu avô, que foi militar durante a ditadura. eu venerava ele. passei minha infância toda sendo mimado não só pelo meu avô, mas por toda a minha família. só que o dinheiro para viagens, escola, cursos de línguas, festinhas, vinha dele. era um homem exemplar. nunca tinha sido agressivo comigo, pelo contrário. ele me enchia de carinho. durante a infância e a adolescência nunca ouvi nenhum comentário dele sobre política. ele só me alertava sobre o que eu aprenderia de História do Brasil na escola, falava que as coisas ditas pelos professores eram mentiras. mas quando passei a ter consciência das coisas, ele já estava em um estado de demência por demais profun-

da para intervir ou falar algo coerente sobre qualquer coisa. ele passou alguns anos em estado vegetativo e quando morreu deixou esse apartamento para mim. eu estava iniciando a faculdade de medicina quando me mudei pra cá. não existia momento mais oportuno para essa mudança. uma casa só sua é o sonho de todo universitário. poderia fazer tudo e mais um pouco, além de dinheiro nunca ter sido um problema. quando já tinha me estabelecido aqui, mexendo em algumas caixas na despensa, achei uma com fitas e uns documentos que me intrigaram. eram tabelas com nomes e preços. presumi que aquelas fitas iriam explicar aqueles documentos confusos. a sorte, ou não, era que havia um videocassete perdido por aqui. coloquei uma fita e... desculpa, preciso beber mais. ah... não sei. me empresta o isqueiro? ... bom, é difícil falar sobre o conteúdo das fitas. a primeira mostrava uma sala imunda com um homem pelado sentado numa cadeira. só isso já foi o suficiente para me deixar apreensivo. alguns segundos se passaram e um buraco vermelho se abriu na testa do homem. depois vários outros buracos vermelhos se espalharam pelo seu corpo. um militar apareceu na tela e foi até o homem. tirou uma faca do cinto e cortou o pau daquele... desculpa. desculpa. isso é demais para qualquer pessoa. ... tá. ... ele enfiou o pau decepado na boca do morto. ... quando vi aquilo, fiquei apavorado. eu não conseguia tirar os olhos da televisão. o vídeo acabou, mas aquela imagem não saía da minha cabeça. queria gritar. ... eu não consegui fazer nada. ... passei horas olhando para a tela escura. imóvel. ... o único movimento que consegui fazer depois foi pegar uma outra fita. ... sim, tenho certeza que quero falar. você quer ouvir? ... coloquei a outra fita e ela já começava mostrando um emaranhado de vísceras vermelhas indistinguíveis por conta da qualidade da imagem. em seguida, uma cabeça loira bem pequena era enfiada naquela vermelhidão. uma mão parecida com a do meu avô pressionava aquela cabecinha. demorou um tempo para eu perceber que se tratava de uma criança sendo afogada no corpo aberto de alguém. o videocassete ejetou a fita, e eu estava catatônico. ... não, parecia que eu estava grudado no chão. ... para você ter ideia, eu não conseguia fechar os olhos. ... só tive coragem para pegar os documentos de novo dias depois. eu entrei num estado de alheamento do mundo. ... quando peguei os papéis, consegui compreender melhor do que se tratavam. os nomes eram das pessoas que compravam aqueles filmes e, vou te falar, as quantias eram em dólares e essas fitas eram vendidas para o mundo inteiro. fui pesquisar os nomes e descobri que eram ricaços e apoiadores de diversas ditaduras. ... sim. isso mesmo. filmes snuffs. ... o que eu fiz depois de descobrir isso? eu queimei tudo e até hoje tento esquecer o que vi, de onde vinha o dinheiro que me sustentou durante toda a minha vida. ... o meu vício por drogas e pornografia foi surgindo aos poucos, para tentar suprimir essa angústia enorme que passei a sentir depois de descobrir aquilo. larguei a faculdade, fiquei um tempo na serra, pensando sobre tudo. sobre a minha vida. eu me sentia morto, como se algo dentro de mim tivesse sido arrancado. minha primeira tentativa de reverter essa situação foi começar a estudar obsessivamente sobre a ditadura. depois fui me aprofundando em outros temas semelhantes. passei a conhecer teoria marxista, movimentos revolucionários. fiquei fascinado por aprender o oposto do que meu avô defendia. só que isso não bastava. eu comecei a fumar muita maconha, tentando me desligar desse mundo. passei um bom tempo apático. agora uso pó pra sentir alguma coisa. além das bebidas. todo dia bebo uma garrafa de vinho. essa com você é a segunda. ... sim, eu passo horas vendo pornografia, tentando gozar, mas não consigo. ... não, não acho que vou gozar com você, mas tento. ... sim, eu tô bem. é porque é difícil falar sobre isso. você é a primeira pessoa que tá ouvindo essa história. não consegui contar para ninguém, mas para um desconhecido saiu tão fácil. ... eu, eu, eu...

Ele chorava, chorava e chorava. Mal conseguia respirar, o rosto vermelho. Eu estava sem reação, minha cabeça girava por conta do vinho e da história escabrosa que escutara. Não aguentei e vomitei.

CORTEZINHO

Azulejos brancos com respingos de sangue. Minha visão estava embaçada, a respiração acelerada. Mais um cortezinho na batata da perna esquerda. Bem sutil. Outro na direita. Ligo o chuveiro para deixar a água lavar o sangue. Eu nem sentia ardência na carne exposta. Só mais um corte, pensei. Ele não vai perceber. Um fiapo de sangue nas costelas. Um cortezinho na ponta de cada dedo. Água vermelha escorrendo.

Da porta veio um chamado. Só que eu não podia parar. Tinha que achar mais um pedaço meu que passaria despercebido. Metal abrindo a pele. Mais um chamado.

— Vai logo nesse banho, tô morrendo de tesão aqui.

Não conseguia parar, cada vez mais aparecia uma parte do corpo que poderia ser cortada. A lâmina deslizando pela pele. Cada parte do corpo tem uma textura diferente. Sangue escorria por todos os lados do meu corpo. O vapor enchia o banheiro. Hora de sair, mas antes, o último corte.

A toalha áspera em contato com todas as aberturas me deu arrepios. Abri a porta do banheiro. O quarto estava frio e com apenas uma luz local ao fundo.

Antes de passar pela porta, disse a única coisa que falaria a noite inteira.

— Me destrua.

SEXTA-FEIRA

Enquanto ouvia histórias sobre surubas e minioverdoses de pó, eu ria. Nunca teria coragem de vivenciar aquilo. Era tudo muito distante das minhas experiências de vida. A narração de festas de médicos regadas a todo tipo de drogas imagináveis parecia algo saído de série, filme. Tudo muito distante. Eu não tinha amigos com dinheiro suficiente para sustentar tais vícios, mas gostava de ouvir. Experienciar aquilo por meio da fala de alguém me colocava naquelas situações de uma maneira que eu não era capaz de explicar. Parecia que eu tinha viajado para aqueles países, conhecido praça X ou bar Y. Era tudo delicioso. Vivenciava aquilo que não tinha vivido junto com pessoas que tinham uma extensa experiência de vida. Durante aquelas conversas permeadas por taças de vinho, cigarro e frio, fechava os olhos e me transportava para Lisboa, Madri e Bruxelas. Era uma espécie de sonho no qual viajava, cheirava e tinha ressacas astronômicas que logo depois eram substituídas por entrar em um Uber, passar o Túnel Rebouças, ver o longo canal da Rua Maxwell e despencar na minha cama que tinha como vista o Hospital do Andaraí.

FIM DE EXPEDIENTE

Entro pela galeria carregando duas sacolas. Interfono e a porta de madeira se abre. Empurro a porta vermelha e desço o primeiro lance de escadas. A luz emite um zumbido e pisca. Em cada degrau tem uma barata morta com barriga para cima. Paro no espaço entre um vão e outro. Sábado é o dia com mais lixo, os dois sacos pesam. Respiro e desço o segundo lance. Agora, a cada degrau, surge o som das garrafas de vidro batendo. Chego no subterrâneo e o cheiro de papelão molhado é intenso. O corredor até o local para deixar os sacos é curto, mas no caminho há duas portas de metal semifechadas. Ponho os sacos no canto deles. Respiro mais um pouco. Quando começo a voltar, a luz se apaga por alguns segundos. Passo pela primeira porta que emite o ruído de uma máquina sendo ligada. Quando passo pela segunda porta, ela se abre com um rangido. Olho de relance, vejo canos e uma mancha enorme na parede. Um estrondo. Com a visão turva, subo as escadas correndo. Empurro com as duas mãos a porta vermelha. Ando rápido até a entrada da galeria. Parado, olho para o fundo do corredor. Respiro.

LOCKDOWN

Estou há dez dias sem tomar banho. Minha colcha de cama não é lavada há seis meses e meu lençol está manchado com porras que gozei já tem um ano. Meu quarto não é limpo desde que me mudei e meus livros acumulam poeira. Roupas estão espalhadas debaixo do colchão, as que eu lavei estão estendidas há séculos, pegando chuva e sol. Não escovo os dentes há tanto tempo que, quando estou com fome, raspo o tártaro com minhas grandes unhas e o como. Quando tenho forças para fazer um miojo, esfrego minha cabeça e deixo as caspas caírem no prato. Elas dão um sabor especial. Deixo um balde ao lado da cama para quando tenho preguiça de ir ao banheiro. Se não cago lá dentro, consigo até beber meu mijo quando estou com sede e sem coragem de levantar. Pelo chão do quarto, várias embalagens de delivery estão abertas, com restos de comida. Tenho ficado deitado na cama tantas horas seguidas que meu corpo está num estado de dormência permanente.

Eu costumava ter uma vida comum. Tinha um namorado, cursava História na Federal do Rio de Janeiro e trabalhava em uma livraria próxima à universidade. Conseguia me sustentar sozinho, ganhava o suficiente para pagar uma kitnet no Andaraí e ter uma vida minimamente confortável.

Tudo começou a desandar quando, do nada, alguns pensamentos surgiram na minha mente. Coisas horríveis como "e se eu empurrasse essa pessoa nos trilhos do trem?", "como seria me jogar na frente desse ônibus?" e "que vontade de bater nessa pessoa". No início, eles vinham e logo iam embora, como pequenos rompantes.

O tempo foi passando e esses pensamentos se intensificaram. Quando apareciam, ficavam presos na minha cabeça como chiclete. Eu entrava em uma espiral na qual as duas únicas soluções para mim eram morrer, porque, sim, eu estava enlouquecendo, ou ir para um hospício. Eu preferia a morte.

Aquelas coisas que eu pensava me deixavam mal. Me sentia uma pessoa horrível, cruel. Fui guardando esses sentimentos para mim, não conseguia compartilhar com ninguém, tinha medo dos julgamentos. O que se passava na minha cabeça era horroroso. Eu não aguentava conciliar o Rodrigo que as pessoas conheciam com o Rodrigo que habitava dentro de mim.

Cada vez mais os pensamentos foram me consumindo, não existiam mais dois Rodrigos, só havia um. O interno, o podre. Eu não conseguia mais sair de casa com medo de fazer mal a alguém ou a mim mesmo. Minha vida começou a ficar travada. Terminei com o meu namorado, abandonei a faculdade e falei na livraria que não tinha condições de trabalhar.

Consegui dar entrada no INSS por invalidez e, desde então, vivo dentro da minha kitnet. Acabei o meu namoro por WhatsApp e, em seguida, apaguei todas as minhas redes sociais. Só tenho o celular para usar iFood, Rappi e UberEats. Minha maior companhia é a televisão. Passo o dia zapeando a TV aberta ou maratonando séries na Netflix. Meu corpo começou a ter furúnculos e a exalar um cheiro de cebola velha. O quarto está sempre com as janelas e cortinas fechadas, como um santuário para o monstro que me tornei.

Não me olho no espelho faz tempo, mas agora sei que, trancado, posso ser eu sem fazer nada com os outros e nem comigo. Ainda falta mais uma coisa para a minha plenitude monstruosa. Tateio a mesa de cabeceira, pego todos os comprimidos possíveis e os enfio na boca. Me sinto em paz.

EM CONSTRUÇÃO

Eu tenho medos, muitos, a ponto de querer vomitar de nervoso. Veja só, nem sempre o antidepressivo dá conta. Algumas coisas vão me devorando, fazendo com que minha alma, seja lá que formato ela tenha, se desmanche. Já tentei de tudo, de psiquiatria a astrologia, nenhum dos dois me oferece respostas concretas. Sou materialista, meus pés são mais no chão do que eu gostaria. Sinto uma angústia que dá para sentir no meu hálito azedo. Meus dentes estão ficando podres, cariados e eu não faço nada para reverter. Queria que o corpo onde faço morada se destruísse a ponto de não restar memória alguma da minha existência. Gostaria de ser algo que pudesse ser queimado e desaparecesse na água. Destruído, como uma garrafa de cerveja espatifada no chão imundo de um boteco em Botafogo. Não quero piedade, anseio por existir como um objeto que passe a ser inutilizado, esquecido. Os meus miolos espalhados no concreto do Túnel Santa Bárbara iluminado pelas luzes brancas, meu sangue espirrado nos azulejos encardidos de poeira. Tantas maneiras de me desapegar do mundo real, da matéria. Um carro capotado num viaduto ermo da Presidente Vargas, o fim em uma vala. Os membros espalhados no valão que é o Rio Maracanã. Sempre o mesmo pesadelo nas suas mais variadas versões, a cidade construída de concreto úmido. Ser devorado pela violência sem-fim do não pertencimento. Voltar à vida ao ouvir "Blaze of Glory" no Uber a caminho do Andaraí. O vento do esgoto da Maxwell atinge os pulmões enquanto Bon Jovi diz estar revestido em glória. Minhas vias respiratórias minadas pela nicotina. A narrativa talvez nunca termine e é isso que quero, continuar chafurdando no lixo.

FUTURE GAMES

Sinto como se fosse uma experiência religiosa, uma coisa celestial. Brilhante. Minha pressão caiu, tudo parece se deslocar do universo real, do factível. É possível viver uma transmutação, de vislumbrar o futuro estando no passado, um lugar onde o presente não existe. Meu corpo parece apenas desfrutar sentimentos perdidos há muito tempo e se contorcer de angústia por coisas que não vivi. Lembro vividamente de chamar um artista, que, depois, vim descobrir ser uma pessoa de relevância, de Andy Warhol só porque ele era muito branco. Poderia ter morrido de vergonha logo após a gafe, o constrangimento do rapaz visível, mas só penso nisso agora, quando sou incapaz de me desculpar. A minha vida é cheia de tropeços, aspirações e alienações, uma busca eterna para ser algo que tenho certeza de que jamais serei. As cordas da guitarra no meu corpo estilhaçam bem na minha mente, destruindo toda a minha psique que vai demorar alguns dias para se reestruturar dessa viagem ao paraíso do qual nunca desfrutei estando sóbrio porque ele não existe. É apenas mera projeção, uma pista de dança repleta de fumaça na qual as luzes brilham e eu busco um prazer duradouro que sempre dura poucos segundos porque assim é a vida. O hamster sempre correndo na rodinha que faz o meu estômago girar até uma bola de comida chegar à minha garganta e escorrer da minha boca em direção ao chão imundo da Lapa, onde uma infestação de baratas se esconde pelos bueiros. A cabeça dá um último giro e entro em um carro que passa por essa cidade que me destruiu de todas as maneiras, tirando o que restava da minha adolescência, não pude sentir o edge of seventeen prometido pela Stevie Nicks em sua música quando eu tinha dezessete anos, o sinto apenas agora — sou um andarilho do passado chafurdando no futuro coisas perdidas. Atravesso a Presidente Vargas com o ar quente na minha cara, mesmo estando de noite e nublado. Tudo é sugado nesta metrópole antiga e devastada. Sou tão decadente quanto as ruas do Rio, por isso não saio daqui. Sinto o pertencimento nesta cidade porque sou tão lixoso quanto ela, caço assuntos e glórias na minha imundície. Desastres e tragédias já não me abalam e agora mesmo que não irão. Estou em um foguete para Marte, orbitando pelo Maracanã. O menino artista que é parecido com o Andy Warhol parece chegar próximo ao meu ouvido e me dá um conselho, siga o que está fazendo. A voz dele, do Andy, é parecida com a do Bowie. Aceito a dica do meu mestre e me deixo levar. O futuro sempre à espreita, o presente é um déjà-vu perpétuo. Eu já vi e vivi isso, o que mais importa? Desço do carro e as portas pelas quais preciso passar parecem se abrir sozinhas. Tateio na escuridão e a única coisa que consigo ver são pequenos pontos prateados brilhando. Despenco em uma cama, a televisão se liga num passe de mágica, sou sugado pela tela e entro em um universo estático de filmagens analógicas na qual Nova York é uma cidade caótica e sexual e sou convidado para ir à casa do Andy Warhol, onde nos arrumamos para ir ao Studio 54. Cheiramos cocaína, usamos metanfetaminas e antes que a noite termine, vamos a um loft encardido na Gamboa onde becks são distribuídos aos convidados. Dividimos um e quando resta apenas a bituca e os nossos corações estão mais tranquilos, damos um beijo suave, apenas com os lábios. Alguém surge com uma vitrola e um vinil de capa verde. Uma música espacial e relaxante toca e Andy canta *well I know I'm not the only one, to ever spend my life sitting playing future games* olhando nos meus olhos, como se quisesse me dizer algo. *So you better take your time. You know there's no escape.* Andy pede que eu feche meus olhos, ele segura minha mão e naquele toque sinto que uma hora ele realmente apareceria na minha vida, quando eu menos esperasse. *The future sends a sign.* Flutuo por universos que me oferecem milhões de possibilidades, aquela vida que sonhei em ter dez anos atrás e outra que irei sonhar daqui a sete anos. *Of things we will create.* Andy, qual seu nome verdadeiro?, eu pergunto. Ele fala que começa com A também, o sobrenome é mais difícil. *Baby it's alright. And so have faith. You invent the future that you want to face.* Andy me prometeu que nos encontraríamos em outra ocasião, me aguarde, ele disse antes que meu cérebro se desligasse como uma televisão. No pequeno delay, na brecha de tempo entre o apagamento da imagem e a completa escuridão, eu desabo e volto ao meu corpo.

ABNER

para Abner Aires,
que amei à primeira vista

Deitado no banco de cimento em frente à quadra, eu esperava Ana Letícia sair da biblioteca. O Renato Braga era uma escola completamente diferente à tarde. Os alunos e professores tinham uma dinâmica de relacionamento meio esquisita, ficava numa linha tênue de amizade com total indiferença. Essa relação se refletia no que via ali naquela hora. Vários adolescentes andando de um lado para o outro, conversando na porta do banheiro, mexendo no celular ou até mesmo fumando no estacionamento com uma das secretárias. De onde eu estava, conseguia ver a merendeira, que de manhã era uma bruxa, morrendo de rir com uma pirangueira. Estavam falando de alguém, mas, por conta da distância, não conseguia ouvir. Riam alto e serviam-se de café no copo azul de plástico que era usado na merenda. Essa era uma cena que jamais seria vista de manhã.

Ana Letícia saiu rindo, falando que a tesoura estava solta na biblioteca. As bibliotecárias, como sempre, estavam falando mal do corpo docente da escola. Naquela sala, ninguém escapava das fofocas, as bibliotecárias eram a fonte de informações da vida pessoal dos professores e alunos. A maioria das pessoas entrava ali não pelos livros, mas para saber quem tinha traído a esposa ou qual era o motivo da reunião da diretora com a coordenação da Seduc. Quando parou de rir, Letícia falou que queria ir ao Del Paseo a pé.

Saímos da escola, descemos a Barão de Studart até a Santos Dumont e seguimos reto até chegar no shopping. A caminhada foi silenciosa, dividimos o fone e escutamos as músicas antigas do Desejo de Menina. Nós dois estávamos carentes. Letícia tinha um relacionamento que parecia uma montanha-russa por causa da inconstância e do ciúme doentio da Dayane, sua namorada. Elas tinham terminado mais uma vez e diziam que era para sempre, algo que costumava durar em torno de cinco dias e, logo depois, as duas voltavam a viver em lua de mel. A minha carência era por falta de experiências. Acabara de fazer dezesseis anos e queria namorar, transar, ir para o cinema junto etc. Para resolver isso, baixei o Tinder, mas nada de interessante surgiu. O papo sempre morria em poucas mensagens e as pessoas que tinham gostos semelhantes aos meus eu já conhecia e não dera em nada. Eu não tinha nada melhor pra fazer, então continuava.

Entramos no Del Paseo pela Santos Dumont, que dava no segundo piso, e paramos na barraquinha do McDonald's para comprar sorvete. Com as casquinhas na mão, entramos na Leitura e fomos sentar nas cadeiras da cafeteria. Letícia começou a falar sobre como a Dayane tinha sido escrota pelo motivo X, de como não conseguia lidar com o fato de ela ter aquele jeito obsessivo e o quanto o sexo semanal delas fazia falta. Ver minha amiga naquela situação me deixava sem jeito porque eu não tivera a experiência de me relacionar para poder falar qualquer coisa sobre o assunto. Só tinha ficado com algumas pessoas esporadicamente, mas nunca a ponto de sequer chamar alguém de ficante.

Enquanto Letícia falava sobre algumas amenidades da escola, comecei a perceber que, na poltrona no fundo da livraria, alguém me encarava. De longe, não conseguia distinguir muito bem a fisionomia, mas era um garoto que estava com duas meninas que, às vezes, me encaravam também. A curiosidade e a excitação de descobrir quem estava me olhando foram tomando meu corpo e passei a olhar de volta, tentando parecer natural em luta contra a rapidez dos hormônios.

Letícia, percebendo que eu encarava alguém, perguntou quem era, se eu conhecia. Disse que não, mas, pelo menos de longe, era bonito. "Cuida. Tu tá doido pra arrumar uma bobeira", ela soltou um uivinho e riu. Pouco tempo depois, o garoto e as amigas saíram. Fiquei um pouco triste porque estava gostando do jogo de fingir que não olhava. Aquilo parecia um sinal de que o universo conseguia sentir meus desejos e minhas necessidades, mas que estava me pregando uma peça me deixando só na vontade de conhecer aquele menino.

Passamos mais um tempo conversando e começamos a sentir fome. Estávamos com pouquíssimo dinheiro e a única alternativa de comida barata era nas Americanas. Saímos da livraria e fomos lá. Pegamos dois biscoitos, uma Coca de um litro e fomos para a fila do caixa, que sempre demorava. Enquanto aguardávamos a nossa vez, uma mulher chegou por trás de nós carregando um biscoito de um sabor que há muito tempo eu não via, perguntei onde ela tinha achado e fui atrás.

Quando estava voltando para a fila, havia uma caixa qualquer caída no chão e a apanhei. Coloquei-a no lugar e senti, novamente, alguém me encarando. Olhei de volta e, mais de perto, vi que era a mesma pessoa que me encarara na livraria. Fiquei nervoso e saí correndo para a fila. Eu e a Letícia éramos os próximos.

Saímos das Americanas, pegamos o elevador até o terceiro andar e nos sentamos na praça de alimentação. Contei para Letícia que tinha visto o menino mais de perto e, quando me dei conta, percebi que o conhecia de algum lugar. Comi o biscoito e bebi a Coca tentando lembrar de onde ele me era familiar. Já alimentado, lembrei dele. Fui no WhatsApp e procurei o nome Abner. Lá estava a pessoa que me encarara. Reli a conversa banal na qual falamos amenidades e, pelo tom, não houve muito interesse de nenhuma das partes. A última mensagem era dele, falando que ia ver um filme qualquer.

Meu estômago começava a ferver de ansiedade. Perguntei à Letícia se deveria mandar uma mensagem para ele indagando se era realmente ele que estava no shopping, tirar a prova dos nove. Ela disse que sim, eu deveria mandar porque, aparentemente, ele estava a fim. Encarei a tela por alguns segundos e mandei.

Letícia voltou a falar sobre a Dayane, mas minha cabeça estava no WhatsApp. Será que ele iria responder? Será que era mesmo ele? Não conseguia pensar em mais nada a não ser nele. Queria ter a oportunidade de um encontro. Estava carente e na seca. Precisava dar uns beijos, conhecer alguém novo. Meu estômago parecia queimar ainda mais quando alguma notificação surgia. Ele ainda não visualizara.

O tempo foi passando e nada. Tentava prestar atenção na conversa, mas não conseguia me concentrar. Letícia percebeu e falou que queria ir pra casa, perguntou se eu queria ir junto com ela. Saímos do shopping, pegamos a Maria Tomásia e dobramos na Leonardo Mota, rua onde Ana Letícia morava com a ex-patroa de sua mãe.

Saímos do elevador e fomos direto para o quarto. Letícia foi tomar banho e eu fiquei vendo alguma besteira que passava na MTV enquanto rolava o Instagram. Quando ela saiu do banheiro, deixei o celular de lado e fui pegar minhas roupas que ficavam no armário dela. Tomei um banho bem gelado e saí com frio. Vesti uma bermuda e uma camisa e fui para a varanda.

Já era de noite, a Letícia brincava com os filtros do Instagram no meu celular e eu fui ver o movimento da Dom Luís. Era sexta, os bares estavam lotados e a rua estava engarrafada. Adorava ficar ali observando o movimento da Aldeota. No prédio da frente, uma festa de adolescentes rolava. Queria estar lá, curtindo, bebendo, ouvindo música. Saí do transe quando Letícia falou que o Abner tinha mandado mensagem.

Abri o WhatsApp e ele disse que sim, era ele. Tinha ficado em dúvida também se era eu, mas ficou com vergonha de vir falar comigo. Começamos a conversar e agora havia muito mais interesse de ambas as partes. Falamos sobre vestibular, sobre nossos gostos literários e musicais. Passamos horas trocando mensagens, até o momento em que decidi perguntar se ele queria ir na Cultura encontrar comigo e uns amigos. Aceitou e logo depois falou que precisava dormir. Quando me dei conta, já ia dar uma da manhã. Fui para o quarto, deitei na cama com a Letícia e vimos um filme de terror. Dormimos na metade.

....

Acordamos tarde no outro dia, tomamos café da manhã e ficamos resolvendo questões do Enem até a hora do almoço. Letícia fez um macarrão com molho branco, sua especialidade. Repetimos e depois fomos tomar banho para irmos à Cultura. Os meus amigos iam chegar às três da tarde e eu tinha marcado com o Abner às duas e meia, na seção infantil.

Fomos para a Cultura pela Dom Luís e a breve caminhada de dois quarteirões sob o sol da tarde nos deixou suando. Demos graças a Deus quando, subindo a escada rolante que dava na livraria, conseguimos sentir o ventinho do ar-condicionado. Entramos e Letícia falou que ia olhar a seção de livros técnicos de medicina; mandaria mensagem qualquer coisa.

Fui para o lugar onde tinha combinado encontrar o Abner, me deitei numa das enormes almofadas em formato de frutas e fiquei assistindo ao *Frozen* na TV.

Estava distraído ouvindo a Elsa cantando "Let It Go" enquanto construía seu castelo de gelo quando ele chegou. Ficou em pé parado ao meu lado até que senti o cheiro do seu perfume, olhei para trás e vi um sapatênis. Me levantei no susto e o cumprimentei com um abraço. De perto, ele era mais bonito do que pelas fotos e do que eu pudera notar pelo vislumbre distante do dia anterior. Cabelos pretos espetados, nariz batatudo e lábios carnudos. Não sei se era a carência ou a vontade desesperada de sair com alguém, mas me apaixonei naquele momento. Já queria sentir a língua, o pau, o corpo inteiro dele. Uma ereção tomou a minha cueca e, rapidamente, coloquei a camisa por cima do volume.

Ele perguntou o que eu queria fazer. Falei dos meus amigos que iriam aparecer já, já, mas enquanto isso poderíamos ir para o banco redondo que tinha na seção de CDs. Subimos a escada e vimos que o lugar já estava cheio, então decidimos ir para a varanda sentar nas mesas da cafeteria.

Chegando lá, todas as mesas estavam ocupadas. Rodamos a livraria toda procurando onde sentar, mas era sábado, dia de maior movimento. Muita gente olhando as prateleiras, telefones tocando sem parar, fila no caixa, crianças correndo de um lado pro outro, pessoas aguardando atendimento, adolescentes conversando alto. Sugeri irmos para a escada que ligava a livraria à galeria do térreo e onde havia escritórios. Era um lugar tranquilo e com pouco fluxo de gente.

Entre uma escada e outra havia um banco de madeira grande. Nos sentamos e começamos a conversar as mesmas coisas que tínhamos falado por WhatsApp. Sem saber muito bem como conduzir a conversa, comecei a mostrar alguns memes pra ele. Socorro feirante, dona Neide, cocodilha, entre outros que bombavam na época. O meme mais replicado naquela semana era o de uma criança conversando com a Xuxa e no qual ela dizia "se eu for, eu vou". Nisso, ficamos rindo e brincando um com o outro imitando a menina do vídeo, cada vez mais próximos. Eu chegava cada vez mais perto e falava, se eu for, eu vou. Ele também. Até que perguntei se se eu fosse, ele iria. As nossas bocas se encostaram e, sem cerimônia, a língua dele entrou com tudo. Não resisti e sentei no seu colo. Mordia os lábios e chupava a língua dele com uma voracidade que nunca tivera com nenhum outro ficante. O pau dele estava duro e pulsava. Só paramos porque ouvimos alguém descendo a escada. Uma mulher passou e reparou na nossa posição estática no banco, com os lábios vermelhos e cara de safados.

Meu celular começou a vibrar, era a Aline me ligando. Atendi e ela perguntou onde eu estava, o pessoal já tinha chegado e queriam ir no McDonald's. Estavam esperando na entrada, ao lado do caixa. Falei pro Abner para subirmos e encontrar meus amigos.

Quando chegamos, todo mundo estava esperando no local indicado. Aline, Lara, Zaupa, Letícia e dois meninos que eu não conhecia. Apresentei o Abner e elas apresentaram Rafael e Arthur. Fomos para o McDonald's da Dom Luís.

Eu e Abner caminhamos de mãos dadas, meio tímidos. Aline falava sobre uma baixaria que tinha acontecido na Unifor. O pai de uma aluna foi tirar satisfação com o professor que tinha reprovado a filha dele, ameaçando chamar a polícia. Meu senso de humor tosco me fez rir daquela história. Não fazia sentido, mas mesmo assim eu ri. Minha gargalhada era alta. Abner olhava e sorria. Apertou minha mão mais forte.

Chegamos no McDonald's e minhas amigas começaram a falar sobre K-pop, assunto do qual eu não sabia nada. Acabei ficando numa conversa paralela com o Abner, falando sobre como eram as nossas escolas. Ele estudava no Farias Brito, colégio de gente rica, e eu no Renato Braga, que era público. Essa diferença fez o assunto se direcionar para a vida de cada um. Ele poderia ser considerado classe média alta, o pai tinha um bom emprego, Abner morava na Aldeota e estudava num colégio de elite. Já eu, morava no Campo do América, que ficava perto de um local conhecido como Cracolândia. O Campo é o grande pavor dos moradores do Meireles, que diversas vezes tentaram expulsar as pessoas que ali viviam, pois enfeiavam o bairro. Nunca conseguiram. Na minha casa morava quase a minha família inteira. Tinha três andares e muita gente. Não se sabia bem onde os laços de sangue começavam e terminavam. Era um emaranhado louco de relação familiar. Minha mãe ganhava um salário mínimo e nunca deixou que nada me faltasse; não sei como conseguia.

Eu gostava de deixar o Abner falar sobre a realidade dele, pois assim não precisava entrar em detalhes da minha. Eram mundos diferentes e, cada vez que ele falava mais de si, percebia que, se eu falasse sobre mim, ele não entenderia muito. Preferia assim, as coisas fluíam melhor dessa maneira.

Minhas amigas, percebendo o nosso distanciamento, começaram a falar sobre assuntos banais. Entrei na conversa, mas o Abner falou muito pouco. Ele estava tímido. Péssima ideia ter o primeiro encontro junto de um grupo de amigos, mas eu não tinha opção. Era o mais fácil para mim e para ele.

Quando já estava escurecendo, voltamos para a Cultura e o Abner falou que precisava ir pra casa. Como ele morava perto, eu disse que o acompanhava. Falei para minhas amigas que ia dar uma saidinha e voltaria logo. Abner se despediu do pessoal e fomos andando de mãos dadas pelo lado escuro da Virgílio Távora. Dobramos na Maria Tomásia e o prédio dele era o primeiro da rua. Nos abraçamos e enquanto estávamos agarrados, ele sussurrou no meu ouvido quer ir lá dentro?. Como assim?, respondi. Disse para irmos na escada de emergência conversar um pouco. Na mesma hora entendi e entramos no prédio.

Pegamos o elevador até o segundo andar, que era o dele, e empurramos devagar a enorme porta cinza de metal. Sentamos em um degrau, no escuro, porque a luz da escada de emergência não estava funcionando. Começamos a nos beijar, agora com mais intensidade e menos pudor. Fui passando a mão por debaixo da camisa dele, ele foi pegando no meu pau e os lábios não paravam de se chupar. Abri o zíper da calça dele e me deparei com um pau grosso e veiudo. Enfiei tudo na boca. Engolia com vigor, queria ver aquela rola toda babada.

Enquanto eu chupava, ele pediu pra ir com calma, porque senão ia gozar rápido. Respondi que não tinha problema, podíamos ter um segundo round. Rapidamente, ele se abaixou, pegou no meu queixo e me falou para ficar de pé. Ele me encostou na parede, tirou minha camisa e começou a me lamber. Enfiou a língua no meu ouvido, desceu pelo pescoço e mordeu os meus mamilos lentamente. Abaixou minha calça e começou a me chupar. Fiquei arrepiado quando ele lambeu meu pau e senti aquele bigode raspado. Não aguentei e gozei, deixando a cara dele toda melada de porra. Rimos e passei a língua no rosto dele para limpar.

Fiquei deitado no peito dele, ouvindo a sua respiração voltar ao ritmo normal. Ele me fazia cafuné. Começou a falar como aquilo tinha sido bom e que nunca tinha feito assim, na escada. Só tinha transado uma vez na vida e foi para se vingar do ex-namorado. Contou que o ex era uma pessoa totalmente blasé e fria. Só tinham se relacionado por pura conveniência, por terem amigos em comum e se curtirem fisicamente. Namoraram durante quatro meses, mas a coisa começou a desandar porque ele descobriu que o ex mentia para ele, principalmente para se esquivar do sexo. Falava que era virgem, quando na verdade tinha perdido a virgindade com um sujeito qualquer e, para piorar, ainda se encontrava com o outro às vezes. Depois de saber disso, baixou o Scruff que, segundo ele, era o aplicativo mais rápido para conseguir sexo e transou com um homem mais velho. Sentiu que tinha se vingado e, logo depois, terminou o namoro.

Aquela história parecia saída de uma série adolescente. Só consegui dizer que merda, isso é foda, mas fez bem em terminar. Não tinha futuro. Ele falou, é, foi foda, mas tranquilo, dei o troco. E que troco, pensei. Enquanto ouvia sobre esse relacionamento passado, sentia uma curiosidade de saber como tinha sido com o cara do Scruff. Eu era iniciante no sexo, só tinha chupado antes uma rola na vida e foi uma coisa bem aleatória. Nunca tinha tido coragem de entrar em um aplicativo de pegação, achava uma coisa meio assustadora, mas ao mesmo tempo queria saber como era a experiência. Preferi ficar com essa curiosidade só para mim, a maneira como ele contou a história me pareceu algo do qual ele não curtia muito.

O celular dele tocou. Era á mãe ligando para saber onde ele estava. Falou que já ia voltar para casa. Para não ser tão estranho ele chegar tão rápido, ficamos mais um pouco deitados na escada, nos beijando. Uns dez minutos depois, saímos e chamamos o elevador. Nos despedimos com um abraço e fui embora.

Voltei a passos largos para a Cultura. Encontrei o pessoal sentado nas mesas do Subway que ficava no térreo. Estavam rindo de algo e pararam quando cheguei. Perguntaram como tinha sido, se transamos, esse tipo de coisa. Falei que foi ótimo, mencionei rapidamente a escada e, logo depois, a conversa tomou outro rumo. Recebi uma mensagem dele agradecendo pela noite e perguntando se eu estava disponível amanhã. Claro que estava.

....

Anos se passaram e a memória desses dois dias é bem nítida. Vivi cada momento que passamos juntos com o mesmo amor que senti naquele fim de semana. Eu gostava de ter você ao meu lado, até quando, meses depois, você começou a me humilhar, a me chamar de lixo e outras coisas horríveis. Mesmo vendo você ficando desconfiado de mim, falando que eu te traía, quando, na verdade, era você que usava aplicativo de pegação enquanto namorávamos.

As sucessivas brigas, humilhações e agressões foram deixando meu amor por você em cacos, mas ainda assim era forte o suficiente para eu não te largar. Porque eu te amava e achava que te entendia, por mais que você falasse o contrário.

Você estava destruído e me destruiu. Quando vim para o Rio, decidido a não te encontrar nunca mais, deixei todas as nossas memórias aí em Fortaleza. Não trouxe nada de você para cá.

Agora, estou dentro de um avião, com destino ao Aeroporto Pinto Martins, levando na bolsa o segundo volume do Guia do Mochileiro das Galáxias com uma dedicatória para você. Marcamos de comer um calzone, você o de frango com catupiry e eu o de brócolis com queijo.

DEL PASEO

para Camilla Castello Branco,
deusa maior

Você tinha acabado de completar dezoito anos e iríamos comemorar comprando um vinho barato usando a sua tão sonhada identidade. Estávamos na Dom Luiz e fomos ao posto para beber. Quando sentamos, o segurança nos expulsou falando que não poderíamos ficar ali já que a bebida não tinha sido comprada na Conveniência. Saímos com o rabo entre as pernas. Ficamos vagando pelas ruas da Aldeota até achar um lugar que poderíamos nos sentar para encher a cara em paz. A ansiedade era tamanha que, assim que vimos a escadaria dos Correios na Maria Tomásia, nos esparramamos lá e parecia que estávamos no deserto, bebendo o vinho em grandes goles.

Em pouco tempo, ficamos embriagados. Começamos a conversar sobre a vida, a faculdade e os amores. Evitei falar de mim, pois você já estava cansada de ouvir reclamações sobre o meu namorado; não o suportava. Perguntei como estava sendo na faculdade. Era uma delícia te ver tão empolgada com a faculdade, as suas experiências no Campus do Pici. As histórias do povo maluco do seu curso. Depois a conversa partiu para aquilo que nos unia: os livros. Na época estávamos lendo Trono de Vidro, aquela saga que concordávamos que começava bem, mas estava ficando insuportável. Adorava seus comentários ácidos sobre os livros de fantasia. Amava mais ainda te ver falando sobre contos de fada russos. A conversa sobre literatura e o vinho nos deixaram eriçados para irmos na Leitura que ficava em um shopping próximo.

Meio cambaleantes, fomos recebidos pelo cheiro de livro novo exalado pela livraria, fuçamos as mesas de novidades, catamos alguns lançamentos e partimos para o mezanino onde havia poltronas para ler. Carregamos vários livros que desejávamos, mas não tínhamos dinheiro para todos. Num rompante de embriaguez, comprei um livro com a quantia que minha mãe tinha me dado para recarregar meu vale do ônibus e você gastou toda a sua mesada num livro que depois descobriríamos que era péssimo.

Excitados com os nossos livros, ficamos falando sobre as expectativas para aquelas leituras. Fomos tirados desse torpor por uma ligação da sua mãe, perguntando onde você estava, que ela ia te buscar para vocês jantarem. Você perguntou se eu queria ir também. Claro. Saímos do shopping e enquanto aguardávamos sua mãe chegar, a imagem de você sentada num banco de madeira com as pernas cruzadas se tornou uma das minhas principais memórias de Fortaleza.

VISITANTE ILUSTRE

para Alê França,
meu amor desde 2015

Era junho e estávamos saindo do metrô Siqueira Campos, sendo recebidos em Copacabana por um frio pouco costumeiro no Rio. Claro que não éramos parâmetro para medir temperatura, uma vez que só tínhamos vivido o calor constante de Fortaleza. Mas aquele dia estava bem frio. Até mesmo eu, que já mo rava no Rio há uns anos, não tinha passado por um dia como aquele.

Fomos caminhando até um bar no Bairro Peixoto para encontrar uns amigos meus. Enquanto isso, você me atualizava sobre as últimas fofocas dos nossos amigos de Fortaleza. Quem tinha pegado quem, quem brigou com quem, quem passou IST pra quem. Ouvir sua voz me fazia cair diretamente no olho do furacão que era Fortaleza. Conseguia sentir até o ar da Praça Portugal, o hálito de Ypióca e McDonald's próximos de mim. Você falava e olhava para a rua, os prédios, as pessoas. Dizia que se apaixonava a cada quarteirão pelo qual passávamos. Sorri com sua ingenuidade ao cair no canto da sereia que é o Rio de Janeiro. Um lugar que engana os visitantes, fazendo com que almas sonhadoras se prendam no emaranhado caótico que é a cidade.

Passamos por um boteco fuleragem, como diríamos em Fortaleza, e estava tocando "Planeta de Cores", um de nossos forrós favoritos. Paramos para fumar e escutar a música inteira. Você sorria toda boba, mal acreditando que estava em Copacabana fumando um cigarro como uma carioca qualquer. Sua imagem parada ali fumando um Marlboro vermelho encostada numa parede com propagandas de cerveja, vestida com casaco e cachecol ainda se mantém nítida para mim.

Quando chegamos no bar e encontramos meus amigos, vimos aquela profusão de jovens, tão diferentes dos nossos amigos de Fortaleza, com jeitos tão esquisitos, você me disse que meu lugar jamais seria aqui, mas sempre lá. Na Praça Portugal, na Praia de Iracema, na Beira-Mar, na Praça das Flores, em qualquer lugar de Fortaleza.

O MESMO EU DE SEMPRE

Nada restará sobre a terra. Esta é uma imagem que me persegue e me consome há algumas semanas. Um terreno árido vez ou outra aparece na minha mente, tento lembrar de onde isso surgiu, talvez um conto que tenha lido anos atrás, suponho. Quando paro e penso um pouco mais, consigo avistar uma sombra caminhando pelo chão de terra batida e envolta por um céu alaranjado que tenta a todo custo mudar a coloração para o azul, mas não consegue. Se me esforço, vejo que ali é o meu corpo vagando em busca de coisas que nem sou capaz de confabular. Pode ser um delírio, um desejo ou uma miragem interna da minha vida. Tempo atrás eu parecia caminhar pelo nirvana, meus pés e minha alma sendo preenchidos por fantasias de que tudo iria melhorar, de que tudo estava bom. Meus amigos pareciam me rodear até que um por um foram se realocando como grãos de areia em uma tempestade no deserto. O primeiro a se esfarelar foi devido ao meu toque de luxúria em seu namorado. Devo deixar claro que os atos não tiveram iniciativa minha, apesar de corroborar com tudo. O outro sumiu no vento por causa de minhas atitudes erradas e desavergonhadas, distantes de qualquer moralismo que jamais tive. Ele não aguentou e se foi. Sorte a dele, as pulsões do meu corpo continuam e irão durar até o meu pau não aguentar mais subir.

O último se desmanchou em milésimos como se nunca houvesse existido nesta terra por achar que iria me destruir com seu sumiço, por achar que eu estava apaixonado e, com todo o seu sadismo, acreditou que fosse me esmigalhar quando, na verdade, já não restava muita coisa aqui. O cenário continua a me perseguir, as imagens agora distorcidas, beirando o grotesco, me caçam apenas em sonhos distantes em uma madrugada de segunda na qual eu acordo de manhã para trabalhar, tomo meu remédio e, ainda grogue, pego um ônibus que me deixa no Rio Comprido e, enquanto espero para atravessar o Túnel Rebouças, encaro a crueldade do concreto e da fuligem que já não deixam mais o ar viciado. Elas já fazem parte da paisagem cruel que permeia os meus dias e se transformaram na minha realidade. O paraíso das certezas de que a vida pode vir a ser melhor um dia se destroem e viram as ruínas das construções da Barão de Studart, rua onde cultivei tantas esperanças e futuros possíveis para o meu eu adulto. Tudo vira névoa numa noite de sábado em que estou chapado de brownie mágico comprado de uma moça vestida de bruxa em Botafogo. Como sempre, desde que me tornei adulto, as coisas terminam em um quarto imundo e empoeirado no Andaraí com poucas esperanças de voltar para a minha cama em Fortaleza, na qual frestas de sol passando pelas telhas já podres prenunciam um novo dia.

Acordo e sinto o cheiro de cigarro impregnado no ar, abro a cortina, enfio a mão no cinzeiro em busca das cinzas de tudo e de todos. As memórias sempre estarão ali e poderei reviver o paraíso. Acendo um cigarro e espero o fogo percorrer o tabaco para que as coisas possam renascer e, em menos de um segundo, desaparecer, como os prazeres na minha vida.

RIO COMPRIDO

para Arthur Moreira,
amigo e amante e outras coisas também

São quase dez da noite e eu estou esperando o 607 numa rua escura. Esse ônibus costuma passar com frequência em qualquer horário, mas hoje está demorando. Não queria ter que pegar duas conduções para chegar no Rio Comprido, que é tão perto da minha casa. Nessa altura do mês, meu cartão de crédito está nas últimas e minha conta tem apenas três reais, ou seja, nem sonhar em pedir um Uber.

A espera é tanta que já fumei quatro cigarros e não foram seguidos. No fone toca o "Lady Wood", da Tove Lo. Entediado, começo a contar quantas bicicletas de delivery passam. Na décima primeira, vejo o ônibus virando a rua e só falto me jogar na frente dele. Não posso deixar que ele passe direto.

Subo, dou boa noite ao motorista, agradeço, passo o Riocard e vejo que no ônibus há apenas uma pessoa, sentada atrás dos bancos altos. A iluminação é precária e a maior parte está meio escura. Escolho o primeiro assento do lado da janela e passo a viagem olhando as calçadas.

Os bares das ruas pelas quais vou passando estão lotados de adolescentes tijucanos que tentam imitar a moda da Zona Sul com toques da estética

Zona Norte, chegando a um resultado esquisito e muito brega. Apesar de morar por essas bandas desde que cheguei no Rio, não consegui me acostumar com essa mescla de Rios que a Tijuca oferece. Parece que as pessoas aqui se esforçam para serem cafonas. O pessoal mais velho tenta fingir que o bairro ainda tem alguma relevância para a elite carioca e os mais novos imitam o estilo dos playboys da Dias Ferreira e da Olegário Maciel, ou, ainda, se portam como se fossem cria de favela. É tenebroso.

Fico tão desconcertado com a noite de sábado na Tijuca que até levo um susto quando o ônibus entra na Paulo de Frontin, mudando completamente o cenário. Aquela escuridão costumeira, misturada com o cheiro rançoso de esgoto e a cacofonia de músicas, é um alívio. O Rio Comprido é um bairro interessante. Sou atraído pela sua decadência. Parece um caldeirão de muitos universos num raio pequeno de quarteirões. Adorava quando pegava o 410 para ir trabalhar e passava por aquelas ruas misturadas de construções históricas, com terreno baldio, bar fulera, condomínio metido a grã-fino e igrejas evangélicas, tudo na mesma quadra.

Quando o ônibus começa a subir em direção ao Elevado, dou sinal e desço. O condomínio que Arthur mora é em frente ao ponto que, por algum motivo, está cheio de gente. Interfono e o portão é liberado. Subo uma escada gigantesca, entro no primeiro bloco, pego o elevador e me observo no espelho enquanto espero chegar no décimo segundo andar.

Ao chegar no corredor, consigo ouvir um K-pop vindo da porta do 1204. Como o porteiro avisou que eu ia subir, Arthur abre a porta na hora que o meu dedo encosta na campainha. Ele está de shortinho e um blusão de alguma princesa nova da Disney. Antes de entrar, nos abraçamos e sinto o pau dele roçando na minha coxa.

No sofá, Alexandre e Tiago bebem um suco amarelo. Guilherme está na varanda fumando com o Gabriel. Entro, tiro meus sapatos e vou cumprimentar as pessoas. Abraço todos e me sento no sofá. Na televisão, um grupo feminino canta e dança com um fundo colorido. Arthur me dá um copo e pergunta se vou querer cerveja ou vodka. Opto pela cerveja. Enche o meu copo com a Brahma que está na mesa.

Começo a conversar com Alexandre, Tiago e Arthur, reclamando de como o ônibus tinha demorado. Eles falam que é porque é sábado e, geralmente, praquelas bandas, as frotas ficam escassas no fim de semana. Falamos sobre outras coisas e quando encho o copo de novo, vou para a varanda fumar.

É uma vista privilegiada do Elevado, que não fica vazio em momento algum. Sempre tem um carro entrando e saindo do Rebouças. Gabriel e Guilherme estão vidrados olhando o movimento do viaduto e percebo que eles estavam fumando maconha e não cigarro. Já tem um beck bolado na mesa, que pego e pergunto se posso acender. Dou o primeiro trago, me encosto do lado deles e fico observando o horizonte. Os dois começam a falar sobre como, apesar de caótico, o Rio Comprido é um bairro bacana e barato. Todos ali tinham se mudado de Fortaleza para o Rio por algum motivo. Eu fui o primeiro, vim para fazer uma faculdade e hoje já nem lembro mais que tenho diploma. Depois veio o Alexandre, incentivado por mim a tentar a vida aqui e, felizmente, deu certo. Tempo depois, Arthur e Guilherme se mudaram também. Arthur conseguiu um bom emprego numa companhia de teatro e o Gui trabalhava em uma multinacional que o possibilitava morar em qualquer lugar. Já Gabriel e Tiago chegaram quase juntos, há poucos meses. Tiago conseguiu um sugar daddy pela internet que mora no Rio e o trouxe pra cá. Gabriel passou num concurso e veio trabalhar como cirurgião no Souza Aguiar.

Minha vista embaça e não sei se é por causa da maconha ou por ficar tanto tempo com o olhar fixo no nada. Arthur chega do meu lado e me oferece mais um copo de cerveja.

"Bicha, tu já tá chapada? Os meninos estão falando contigo faz um tempo e tu parece que tá fora de órbita. Queria eu dar um trago e ficar desse naipe." Riu e foi dar um beijo no Gui. Do nada, enfiou a mão dentro da cueca dele e ficou apertando. Eu e Gabriel começamos a rir.

"Mais respeito, aqui tem moças de família!", Gabriel deu um tapinha afetado nas costas de Arthur. Do sofá, Alexandre e Tiago deram uma gaitada. Não tinha me tocado que todos ali já estavam bêbados e chapados antes da minha chegada. Voltei a acender o baseado, dei três tragos seguidos e fiquei observando meus amigos.

Arthur e Guilherme encostaram na pilastra e começaram a se dedar. Alexandre e Tiago saíram da sala e juntaram-se a mim e a Gabriel na plateia daquele espetáculo que os donos da casa estavam oferecendo. Cada um com seu copo na mão ia bebendo, alguém reacendeu o baseado e ficamos passando. Na televisão, Letrux cantava "Flerte Revival" em alguma apresentação.

Quando escuto "tu é o revival do marinheiro", vendo Arthur e Guilherme praticamente se comendo na nossa frente, como num show dentro de um sonho louco no qual a loucura era potencializada pela maconha e pelo álcool, volto para uma noite quente na primeira casa do Alexandre no Joaquim Távora, lá em Fortaleza.

....

Eu estava desempregado na época e aproveitei a rescisão e o seguro-desemprego para ir a Fortaleza, porque já fazia um tempo que não ia. O primeiro lugar que fui visitar nessa viagem foi a casa do Alexandre, que acabara de se mudar. Aproveitando a oportunidade de um apartamento só pra gente, chamamos o Arthur e ele levou o Guilherme, que eu ainda não conhecia. Desde o início daquela tarde, havia um clima de tensão sexual no ar. Estávamos todos sem camisa, nossos corpos começando a ter uma barriguinha de cerveja e com pelos ralos que suavam. Não tinha ventilador que desse conta. Colocamos uma Ypióca

Guaraná pra gelar e ficamos ouvindo os hits da Tina Turner. Quando tocou "Private Dancer", o Arthur e o Alexandre começaram a fingir que faziam lap dancing um no outro, enquanto Guilherme os observava sentado na poltrona, pagando de cafetão. Não sei se foi a música, o calor, a atuação dos três que era pura insinuação sexual ou o desejo que senti pelo Gui, mas enquanto a música estava no instrumental, eu sentei com tudo no colo dele e me rocei no seu pau que ficou duro rapidamente. Dei um selinho nele quando Arthur e Alexandre estavam agarrados, imitando os dançarinos no clipe, sem prestar atenção na gente.

Fomos bebendo a Ypióca e quando vimos já era de noite. Guilherme e Arthur se ofereceram para ir ao supermercado comprar mais uma cachaça, comida para matarmos a larica e cigarro. Os dois saíram e comecei a conversar com o Alexandre, falei sobre o que tinha feito com o Gui. Ele me chamou de safada e de que eu levava o espírito da prostituição por onde passava, porque na mesma hora ele tava pegando no pau do Arthur. Comentei que a gente não valia nada, mas de que poderíamos aproveitar e chamar os nossos respectivos crushes para ver se rolava algo mais. Alexandre mandou mensagem para o Tiago, que trabalhava ali perto, e eu mandei para o Gabriel, que não morava perto, mas podia vir dirigindo o carro dos pais. Antes do Arthur e o Guilherme voltarem, os dois responderam falando que vinham.

Arthur e Guilherme chegaram com algumas sacolas e logo foram tirando uma Ypióca e uma Coca bem gelada. Colocaram na mesa e eu fui pegar os copos na cozinha, enquanto o Alexandre escolhia uma playlist da Madonna. Fizemos a bebida, brindamos novamente e Alexandre e eu avisamos que o Gabriel e o Tiago chegariam em breve. Bebemos vendo clipes dos anos 80 e avaliando a produção musical da Madonna naquela época. A minha favorita era a fase *True Blue*, o Alexandre e Arthur preferiam o *Like a Virgin*, já o Guilherme era incapaz de opinar sobre o assunto.

Como um prenúncio, Gabriel e Tiago chegaram quando os gemidos de "Justify My Love" ecoavam pela sala. Corri para receber o Gabriel, perguntando como ele estava, que saudades dele. Naquela época, ao contrário de hoje, ele era mais escrachado. Cumprimentei o Tiago, que conhecia apenas de Instagram, e fomos todos para o sofá assistir à Madonna dos anos 90.

Os clipes do *Erotica* começaram a passar e o Tiago, que não conhecia muito bem a Madonna, disse que precisava ver aquilo chapado. Pegou um skank na bolsa, dichavou e fez um baseado bem farto. A sala já estava com um ar impregnado de cigarro e quando subiu o cheiro da erva pareceu que tudo ficou menos rançoso e mais leve.

Já estávamos colocadíssimos quando ouvíamos, distante, "something comin over... uhhhn". Nossa conversa parecia estar fora da órbita daquela casa. Ríamos por nada e nos jogávamos um em cima do outro, íamos nos aproximando e a música parecia fazer nossos corpos entrarem numa sintonia única.

A batida de hip hop mandava nos expressarmos e não nos repreendermos, e não, não peçam desculpas, é a natureza humana. Eu senti uma mão entrando na minha cueca, acariciando meus pentelhos e, quando vi, era o Arthur me punhentando enquanto beijava o Alexandre e o Tiago. Em algum canto da sala, Gabriel gemia cada vez mais alto enquanto Guilherme chupava o seu pau até engasgar. Na televisão, a Madonna com um cabelão loiro flutuava, abrindo bem a boca e os braços.

Fechei os olhos e viajei entre estrelas, sentindo meu corpo girando e girando e girando. Engoli a saliva de alguém e, depois, a porra que estava docinha. Os gemidos pareciam se misturar aos suspiros da música que tocava repetidamente, sem ninguém fazer nada para isso. Uma mão me pegou e fui carregado por um corredor infinito, viajando entre relances de luzes brancas que saíam por frestas de portas semiabertas. Entrei em um quarto e uma mão pegou meu pau e enfiou no seu cu. Parecíamos cachorros cruzando, grudados um no outro. Nos dirigimos para a janela, que deixava uma sombra azul no quarto, e vi que estava com o Arthur, metendo nele com toda a força possível. Minha rola pulsava como se todo o sangue do corpo estivesse nela. Ficamos transando de frente para a rua, queríamos ser vistos por qualquer um que passasse na Barão de Studart às três da manhã.

....

Abro os olhos e estou de volta à varanda no Rio Comprido, mas agora estou dentro do Arthur, transando como se eu fosse outra pessoa. Como se eu visse a cena de fora. Quem saía do túnel e pegava o viaduto, caso olhasse pela janela, veria o Arthur de boca aberta e uma sombra atrás, mordendo o seu pescoço. Eu continuo metendo na medida que os carros vão passando e no mesmo ritmo que os meus amigos roncam no sofá ao som de Letrux.

NÃO HÁ NADA

Era verão, disso eu lembro. Estava na minha casa, no Andaraí, morrendo de calor. O sol transforma a grande Tijuca em um verdadeiro micro-ondas, onde o ar quente se concentra e ferve os miolos de todos. Recebi uma mensagem do Arthur, um cara muito charmoso que conheci em Botafogo, bebendo cachaça em uma sarjeta qualquer até o dia amanhecer. Ele era mais velho e tocava teclado em uma banda em ascensão. Acabamos trocando contato por conta de amigos em comum. Conversávamos vez ou outra sobre filmes e livros, mas o papo nunca ia adiante. Recordo que, quando nos conhecemos e eu falei que morava no Andaraí, ele comentou sobre um lago limpo para banho escondido no meio da Tijuca. Como haviam passado meses desde essa conversa, tinha esquecido desse tal laguinho. Me surpreendi com a notificação dele. Respondi rápido e dez minutos depois peguei um ônibus abafado até a estação de metrô Uruguai para encontrá-lo. Nos abraçamos rapidamente, mas o suficiente para eu sentir seu corpo peludo melado de suor e um leve odor de cigarro. Se não fosse o antidepressivo que tirava boa parte da minha libido, na hora que encostei nele, meu pau teria subido. O máximo que a recaptação de serotonina ocorrendo no meu corpo me permitia sentir era uma eletricidade sexual misturada com ansiedade.

Fomos cortando caminho pelas ruas que levavam à José Higino, onde prédios bucólicos não emitiam som algum. Estávamos atravessando a pequena rotatória em frente à Igreja Batista quando ele parou debaixo de uma árvore e tirou um saquinho do bolso. Eram cogumelos. Perguntou se eu queria. Nunca tinha experimentado, mas não ia deixar ele ficar na onda sozinho. Colocamos na boca e seguimos. Quando passamos pelo Colégio Batista, Arthur mencionou que concluiu o ensino médio ali. Antes que eu fizesse qualquer comentário, fomos subindo a rua e já era possível ouvir o barulho da água. À medida que íamos passando pelos prédios e casas, fiquei fascinado por aquele lugar. As construções eram deslumbrantes, como se tivesse viajado no tempo e vivenciasse um Rio diferente, uma cidade que ficou na memória dos idosos de mais de oitenta anos. Chegamos ao fim da rua e tinha uma praça tão bem arborizada que chegava a ser escura, repleta de esculturas que, supostamente, eram para ser fofas, mas pareciam ter sido feitas e espalhadas no ambiente por alguém muito chapado. Por incrível que pareça, não havia ninguém lá. Era como se estivéssemos em uma propriedade privada. Descemos uma escada cheia de musgos e atravessamos a mureta que separava os degraus da água. O lago não era grande e nem profundo, mas dava para se sentar e se refrescar. Ficamos só de sunga e caminhamos até uma microcachoeira que Arthur falou que servia como uma hidromassagem. Era verdade. Ficamos em silêncio por alguns minutos, apreciando a paisagem e o som da água, deixando que nos revigorasse. Vez ou outra eu me pegava encarando o peitoral do Arthur, os mamilos endurecidos pela água fria, os dentes separados escapando pela boca aberta.

Do nada, começou uma batida de sintetizador clássica dos anos 80 e alguém começou a cantar *welcome to your life, there's no turning back, even while we sleep, we will find you.* Meus olhos estavam fechados, mas era como se eles estivessem abertos e eu pudesse ver não só o Arthur, como tudo que ele tinha dentro de si. Ele era radiante, o contraste com o verde das árvores o deixava com uma aparência celestial. Minha mão se movia sozinha em direção ao seu peitoral, como se estivesse sendo puxada por uma corrente. Meu corpo lutava contra o sentido da água, eu queria entrar dentro do corpo dele e descobrir o que significava cada centímetro daquela luz que ele emanava. Enfiei minha cabeça dentro do laguinho e busquei no escuro a perna de Arthur. Quando encontrei, deslizei meus dedos pela barriga dele, sentindo minha pele afundar em uma viscosidade que parecia escorrer para dentro dos meus órgãos. Fui tragado por uma torrente de emoções e sensações que me devorava. Infinitas possibilidades de um futuro. Eu, cercado de amigos, comemorando minha primeira publicação. Encontrando o meu projeto estético e aceitando-o. Tendo, enfim, algum reconhecimento. Delírios narcisistas que tenho medo de expressar verbalmente ou em meus perfis públicos. Me vejo enchendo de propósito e sendo recebido pelos grupos que jamais pensei em participar. Arthur e a Água me dão tudo isso e muito mais. Eles são Estrelas à sua maneira. A música que toca alto dentro da minha cabeça diz que todos querem dominar o mundo. Eu quero. Eu quero. Eu quero. Três vezes escrito já se torna um pedido. Eu me prostro aos ídolos, aos que me inspiram. Eles dominam. Todos com suas luzes que causam cegueira por tamanha beleza. Meu corpo poderia se desfazer nessa água e cair nos esgotos do Rio para renascer com a verdadeira Beleza que é o talento. Meu coração acelerou e enfiei a língua na boca de Arthur, senti uma explosão e flutuei na Água, deixando-a levar tudo, com esperança de que ficasse algum resquício.

Podem ter se passado horas ou minutos, só lembro de o sol ainda estar no céu e ouvir Arthur cantarolar *it was fun for a while, there was no way of knowing, like a dream in the night, who can say where we're going?*. Olhei para ele e terminei a música. *More than this you know there's nothing, more than this tell me one thing, more than this, no, there's nothing.*

AGRADECIMENTOS

Muitos tiveram extrema importância desde os primórdios deste livro, que anteriormente se chamava *Brechas no Céu*, mas antes mesmo que existisse uma unidade, uma coerência entre essas histórias, três grandes mulheres foram essenciais: Ana Beatriz Marques, Camila Castello Branco e Estefânia Xavier. Sem elas nada disso existiria.

Outras mulheres incríveis foram imprescindíveis para este livro: Martha Ribas, Letícia Bosisio, Ana Paula Costa, Camila Perlingeiro e Stella Carneiro, minhas editoras e revisoras. O trabalho e o carinho de vocês com estes textos os tornaram algo que jamais imaginei, nem nos meus melhores sonhos eles ficariam tão bons quanto ficaram. Meu eterno e profundo agradecimento.

Três caras incríveis e muito talentosos deram vida a este projeto: Lucas Baptista, criador da primeira capa, quando ainda era *Brechas no Céu*, Angelo Bottino, que fez o projeto gráfico desta nova versão (ainda estou boquiaberto com tamanha beleza) e Pedro Gondim, que, com sua arte, deu um novo sopro de vida a este livro.

Nem sei como agradecer as palavras carinhosas que recebi de Tobias Carvalho, Fabiane Guimarães, Chico Felliti e Carola Saavedra, autores que tanto amo e admiro. Obrigado demais pela leitura.

Agora, espero não esquecer de ninguém, mas eis aqui os que me acompanharam nessa jornada vertiginosa: Rodrigo Guerizoli, meu maior entusiasta. Paulo Augusto Franco, sua sensibilidade me encanta cada vez mais. Arthur Moreira, Alê França, Mariana Zaupa, Lara Leite, Artur Bezerra, Gabriel Maia, Aline Santos, Ana Letícia, Gaby Andrade, Ruth Fernandes, Evelyn Sousa, Raquel Fernandes, Alba Bez, Renan Mesquita, Guilherme Arraes e Gabriel Marques, amigos que fazem Fortaleza ser uma cidade mais especial. Diogo Garcês Vazquez, obrigado por me ajudar em assuntos astrológicos para o lançamento deste livro. Ingrid Rayane, Tatty Sousa, Alexandra Milanez, Rafael Farah e Susana Barros Coelho, vocês merecem um prêmio por me aturarem todos os dias no trabalho. Felipe Bonato, meu xamã para coisas boas, tu é muito foda, cara. Bruno Mattos (que vai ser papai!), quanta alegria ter alguém tão legal como você por perto. Alice Almico, sua #@&*%$, te adoro tanto — um dia ainda escreverei suas histórias. Felipe Maciel, que possamos trocar mais cigarros por muito tempo — te amo, amigo! Carlos Romário Matos, meu melhor amigo e, provavelmente, a melhor pessoa do Rio de Janeiro — tu é o meu deus. Rubens Malanquini, psiquiatra que me ajudou a não surtar durante o processo. Masina Pinheiro, pessoa mais que especial — apesar de hoje estarmos afastados —, cuja história contada em uma sarjeta inspirou um conto. Maira Mayrink, sua loucura inspira.

Aos que compraram a versão piloto, toda desconjuntada, só tenho o eterno agradecimento: Gabriel Abreu, Bernardo Neves, Leonária Alves, Vanessa Flor, Tatiana Sá Antunes, Eduardo Batista, Fernanda Morgan, Samuel Witt, Juliana Tainan, Daniela Suarez, Rafael Schub, Davi Novaes, Lua Silva, Tales Nogueira, Marcelo Ferroni, Mateus Baldi, Maria Clara Rosseti, Hugo Cavi, Luara França, Vivi Bezerra, Sophia Noberto, Carolina Machado, Júlia Barandier e Felipe Ramalho.

Tudo o que eu escrever sempre será dedicado às grandes professoras que tive na Escola de Ensino Fundamental e Médio Renato Braga: Marta Simone, Martha Vecchia, Ana Célia Macedo, Franci Nogueira e Helena Martins. Vocês me tornaram gente.

And every song I wrote
became an escape rope
Tied around my neck
to pull me up to Heaven.

Heaven Is Here,
FLORENCE WELCH

janela + mapa.lab

O amor pelo livro faz com que seus protagonistas sempre achem um caminho. E não foi diferente no nosso caso.

A mapa lab e a Janela Livraria foram gestadas paralelamente e ao mesmo tempo juntas. Quase um ano antes do 2020 que dilacerou tudo, trabalhávamos separadamente e unidas por uma sócia em comum. Lembramos com carinho de estarmos sentadas na obra da livraria, na escada, no chão, na poltrona recém-adquirida, maravilhadas com aquele espaço que nasceria sob as bençãos de São Sebastião e cravado no pulmão da cidade do Rio de Janeiro, enquanto bebíamos vinho em copos de plástico e tínhamos 23 ideias por minuto.

Muitos dos nossos sonhos foram sonhados ali naquela obra. Muito do que fizemos foi desenhado bem ali, nas mesas do café mais charmoso da cidade, quando a Janela Livraria superou ter que fechar as portas dias depois de abri-las. Quando a mapa lab estava com um plano de negócios montado e teve que mudar tudo, lançando seus primeiros títulos e desenhando seus primeiros projetos de forma remota e apenas pelas telas de computador.

Essa colab editorial, que nasce do desejo de unir forças e afetos, palavras e experiências, literatura e contemporaneidade, é uma extensão da amizade que surgiu da criação de uma livraria, uma casa editorial e quatro mulheres com o desejo arraigado de fazer diferente e melhor.

Em 2022, nasce o selo editorial Janela + mapa lab.

Ana Paula, Camila, Letícia e Martha se unem, atraídas pelo mesmo olhar cuidadoso e apaixonado pela cultura e a literatura, pelas garras femininas do empreendedorismo amoroso e atuante e o desejo de inovação e renovação. O objetivo é ousado e ao mesmo tempo singelo: criar janelas e territórios literários onde couber a leitura. A Janela Livraria tem a vocação de promover a literatura na loja, nos eventos e cursos. A mapa lab pensa o negócio do livro de maneira mais sustentável e fluida, trafegando por diferentes plataformas e mídias.

Convidamos o jovem escritor Rodrigo Batista para estrear este selo. Rodrigo, 23 anos, é cearense e morador do Andaraí, no Rio de Janeiro e orgulhosamente livreiro querido na Janela. É ainda poético que Rodrigo seja o autor que inaugura nossa colab, sendo ele testemunha ocular de quase tudo que nasceu, tanto na mapa quanto na Janela.

E o que vem por aí? Bom... As 23 ideias por minuto permanecem e fazemos infinitas reuniões travestidas de celebrações da nossa amizade verdadeira. Ou seria ao contrário? A verdade é que, apaixonadas por literatura e livros, somos quatro entusiastas de que boas ideias literárias merecem estar em casa. Na nossa casa. Bem-vindos.

Esta obra foi produzida pela mapa lab
no inverno de 2022. O miolo foi impresso
em papel Pólen Bold $90g/m^2$ usando
as fontes Droulers e Laica.